文春文庫

七つの試練

池袋ウエストゲートパークXIV

石田衣良

文藝春秋

目次

七つの試練

池袋ウエストゲートパークXIV

イラストレーション　北村治

泥だらけの星

ギロチン、火あぶり、磔刑《たっけい》といった刑罰は昔、家族そろってのエンターテインメントだったというよな。休日に弁当をもって、子ども連れで見物にいく一大娯楽イベントだ。首が落ち、肉が焼かれ、内臓がこぼれる。時代はそれから何百年かくだって、今ではそんな残酷なショーは一部の宗教のごく一部の過激派以外お呼びでない。人類の進歩だ。

その代わりなにが起きたかというと、芸能人や政治家なんかの盛大な公開処刑。不倫した、覚醒剤や大麻を使用した、秘書にパワハラを加え恫喝《どうかつ》した、リアリティショーで悪役を演じた。十字架にかけるように命までは奪わないが、名声とイメージを完璧に傷つけ、社会的な生命は再起不能に至るまで絶たれてしまう。

おれたちは週刊誌やテレビやネットで、その残酷ショーを眉をひそめながら、おおよろこびでたのしむというわけ。いくら働いても給料があがらなくなってからこのかた、あるいはネットがメディアのナンバーワンになってから、トラブルを抱えた有名人をてのひら返しでたたくのが、庶民の最高のエンターテインメントになったのだ。人類は進歩したが、今も昔もあんたやおれや池袋のガキみたいな一般庶民が一番残酷だ。

今回のおれの話は、水に落ちた犬ならぬ、泥に堕《お》ちた星の話。

まあ、おれは芸能の世界には詳しくないし、好きなアイドルや俳優なんかも別にいないけど、星本人からきいてみると、役者の世界も甘くはなかった。「おまえのハートをおれだけのものにしてみせる」とか「おれの愛のまえにひざまずけ」とか、女子高生むけの低予算映画のCFみたいな間抜けな台詞《せりふ》を吐くだけが仕事じゃない。親からもらった恵まれた容姿だけでなく、その他いろいろな素質が必要だし、むこうの世界のえらくこみいった習わしを遵守《じゅんしゅ》しなきゃいけない。おれとしては、ぼんやり夏の空をながめながら、冷えたスイカやあかつき（白桃の一種）でも売っているほうが、ずっといい。

おれは思うのだけど、人のスキャンダルを無制限にたのしむのは、そろそろやめたほうがいいんじゃないか。今どきはスターだけでなく、おれやあんたのような普通の人間だって、足場から転げ落ちて泥まみれになるのはめずらしくない話。

酸っぱい泥水のなかでのたうちまわるのは、明日のあんたかもしれないのだ。まあ、人のスキャンダルは上品にたしなむ程度にしておいたほうがいいよな。

西日本では恐ろしいほどの大雨がふったというのに、この夏の関東はからからの空梅《からつ》雨《ゆ》で池袋の街もすっかり乾き切っていた。おれはといえば、いつもの店番の日々。それでも夏はただ暑いというだけで、どこか胸が躍るものがある。夏の朝に目を覚まして、空がすきっと青かったりすると、ガキのころは歓声をあげていたよな。あの気分は大人になっても続くのだ。おれはいまだに夏が一番好きな季節だ。

きれいに主力のスイカを売り切って、気分よく店をたたもうかという時刻、おれのスマホが鳴った。池袋の王さま・安藤崇《あんどうたかし》から。春からこっちなにも事件がなくて、退屈しきっていたおれはついにやりと笑ってしまった。やつからの直通電話が同窓会の誘いのはずがない。最近流行《はや》りのAIの真似をしていった。

「わがご主人さまは、一日の激しい勤労で、お疲れです。電話は、明日の営業時間中に、おかけ直しください」

「切るぞ、間抜け」

高校時代からの親友にも、王さまは冷たい。

「わかったよ。なんの用だ、タカシ」

まったくあせってなどいない声でやつはいう。

「時間がない。今から、でてこい。六本木にいる」

「ちょっと待て、池袋じゃないのかよ。面倒だな」

「どうせあとは寝るだけなんだろ。いいから、こい。依頼人がいる。おれの古くからのダチだ」

おやと思った。やつは友達なんて言葉はめったにつかわない。このおれにさえ。オリンピックのメダル級にめずらしい語彙《ごい》だ。やつが自分の口からそういうなら、いかないわけにはいかなかった。

「そのお友達がトラブルなんだな」

「そうだ。おれたちはずっとこのバーにいる。何時でもいい」

「わかった。店を閉めたらいくよ。そいつにもよろしく伝えてくれ。おれがしってるやつじゃないよな」

タカシの返事にめずらしく間《ま》があいた。ＡＩのフリーズみたい。冷凍庫からこぼれる白い冷気のような声でやつはいう。

「しっているともいえるし、しらないともいえるな。まあ会ってからのおたのしみだ」

勤労青年のおれには禅問答は無用だ。店の名前をきいて、スマホを切った。夏の夜の呼びだしって、たとえ相手が美女じゃなくてもわくわくするよな。

店を閉め、汗をかいたTシャツだけ別なTシャツに着替えて、池袋の北口にでた。時刻は真夜中の十五分前。まだ余裕で山手線がある時間だ。駅まえは酔っ払いばかりでラッシュアワーのような混雑。誰かが歌をうたい、誰かが盛大に吐いていた。

空はあいにくの曇り空で、今にも雨がふりだしそう。低気圧で空気が湿ると、肩にのっかる大気の重さが変わるよな。帰りには雨になっているかもしれないが傘はもたなかった。傘が嫌いだし、未来に保険をかけるのも嫌なのだ。

おれはタカシのすすめもあって、ロータリーのタクシーのり場から黒い個人タクシーにのりこんだ。今回の依頼人はどうやら金があるらしい。だいたい六本木の裏町のバーというのも、池袋の横丁と違って怪しいよな。遊び人のにおいがぷんぷんする。

明治通りで原宿の交差点をすぎたあたりから、フロントガラスに雨があたり始めた。激しくはないが、かんたんにやみそうもない夏の雨。一本一本の斜線が太めのやつ。真夜中を五分すぎて、六本木五丁目東洋英和の裏通りにはいり静かなマンションがならぶ住宅街でタクシーがとまった。

「お客さん、ナビだとこのあたりなんですが」

暗く沈んだ通りにはサンシャイン60通りと違って、張りだし看板は一枚もでていない。おれはくしゃくしゃの千円札で支払い、タクシーをおりた。目のまえには白いタイル張りのビル。周囲をとりまくように竹が植えてあり、青い幹が涼し気だ。隠れ家バーというやつなのだろう。おれは雨のなか店を探すのをあきらめて、すぐタカシに電話した。

「今どこにいる?」まるで酔っていないキングの声だった。

「竹林のなか。白いビルのまえだ」

「正解だ。右手の端に白いドアと数字を打ちこむナンバー錠がある。今月のキーは５５２３。押してはいってこい」

秘密結社みたいなバーだった。四角い箱のようなビルの端には、白い金属の扉とテンキーがついている。数字を打ちこむと、かちりと電気錠の開く音がした。おれがドアを引くと、いきなりえらくハンサムな男が傘をさしかけてくれた。

「真島誠《まじままこと》さんですね、タカシから話はきいています」

芸能人は歯が命ってCFが昔あったよな。やつの歯は蛍光塗料でも塗ったように夜のなか光っている。電気錠のドアからは中庭になっていて、竹林のなか飛び石がバーのガラス扉まで続いていた。どこかで見た顔だが、名前はわからなかった。

「へえ、あんたがタカシの友達か。そっちの名は?」

「鳴海一輝といいます」

ナルミ・イッキ。その名をきいてようやく思いだす。若手俳優のトップランナーで、映画やドラマの主演はひきも切らず、五本のナショナルクライアントの広告を抱える売れっ子。若手だからギャラは最高ランクではないが、それでもＣＦだけで二億はくだらない。おれは案外、『日経エンタテインメント！』や『ＳＰＡ！』にも目をとおしているんだ。

気《け》おされて、白いシャツを着たやつの肩に目をやった。おれに傘をさしかけているので、ずぶ濡れ。やつは二枚目のやわらかな声でいう。

「タカシが待ってる。いこう」

おれは若手ナンバーワンの俳優に傘をもたせて、飛び石を踏みバーにむかった。

バーのなかは懐中電灯で照らしているのかというほど薄暗かった。あちこちに業界人風の男と女。タカシが待っていたのは奥の個室だった。壁もソファも床も真っ黒。テーブルだけ真っ白で宙に浮かんでいるように見える。

「なんにする」

おれはあまり洒落《しゃれ》た酒はしらない。

「ハイボール、ウィスキーはなんでもいい」

ウエイターが去って、曇りガラスの扉が閉まると、タカシがいった。

「こいつが鳴海一輝。おれとは高校時代のバイト先がいっしょだった」

タカシの家もシングルマザーなので、あれこれとバイトはしていた。おれはうちの店の手伝いばかりでやっと働いたことはない。

「なんのバイト？　もぐりのホストとか」

正面のソファに座るふたりの顔を見た。タカシはおれと池袋のイケメンナンバーワンを競うくらいだから、当然ハンサムだ。だがイッキとならぶとトーンがまったく違っていた。イッキは甘く、タカシは冷たい。氷砂糖と氷みたい。甘いほうのイケメンがいう。

「おもしろいね、マコトくん。さすがにあの手の店でも二十歳未満は雇わないよ。お酒をのむのが仕事だから。ぼくたちふたりで働いたら、ビルが建ったと思うけど」

そいつは間違いないだろう。ビロードの手袋をした指先で耳をなでられたみたいだった。なんというか妙に官能的な声。タカシがいう。

「後楽園ホールの警備員だ。まあ、そんな昔のことはどうでもいい。おれのところも、イッキのところも父親がいなくて、話をするようになった」

「で、今もなかよしというわけか。タカシに友達がいてよかったよ。おれしかいないんじゃないかって心配していた」

キングは仏頂面《ぶっちょうづら》で、イッキはにこりとグラビアのように笑った。

「ぼくもタカシから友達だと紹介されたのは、マコトくんが初めてだ。よろしく」

右手をさしだしてくる。外国映画みたい。おれはやつの手をにぎった。細くてやわらかなのに、握力は強い。

「で、どんなトラブルなんだ」

もう夜も遅い。さっさと仕事の話をすませたかった。おれはつぎの日も店番が待っている。


ビロードの声が語りだす。

「ぼくが馬鹿だったんだ。先月、舞台をやっていた。マンガ原作の学園もので、オーケストラ部の話。ぼくはコンマスの役だった。まあ、舞台自体は大成功で連日大入り袋がでるくらいだったんだけど、千秋楽の打ちあげで、めちゃくちゃ酔っ払ってしまった。初めての座長公演だったし、プレッシャーがすごかったんだ」

主役の苦しみか。おれは大半のガキといっしょで、そんなプレッシャーを感じたこともない。タカシは別の国の言葉でも耳にするようにまったくの無関心。

「それで気がつくと店は三軒目で午前二時になっていた。エキストラででていた役者仲間が、しりあいに熱狂的なファンがいて、会いたがっているといった。ハーフの美人で、モデルの卵だという。ぼくはいいじゃん、呼んじゃえばといった」

タカシが唇の端をつりあげていった。

「いつもみたいにな」

イッキはまたにこりと悪びれずに笑った。

「そうなんだ。いつもなんだ。ぼくはおおきな仕事が終わったあとは、めちゃくちゃやりたくなるんだよ。相手はけっこう誰でもいい。ここだけの秘密だけど、男でも女でもいい。昔タカシを誘ったこともあるけど断られた。そっちはなにもしなくて、寝てるだけでいいといったんだけどね。タカシはつれないんだ」

衝撃の告白だ。だが、考えてみればあたりまえの話。役者は異性を（同性もか？）ほれさせるのが仕事だ。日本刀でも振りまわすように性的な魅力を常時むきだしで使用している。そんな仕事をしていて、モラルが常識がといっても始まらないだろう。品行方正でいろなんて、猛獣を窮屈な檻《おり》に閉じこめるようなもの。一番得意な技を封印されてしまうんだからな。

「で、イッキはその女を抱いた」

フルートグラスからシャンパンをのんで、やつはいった。

「抱いたり抱かれたりね。その役者仲間と彼女との3Pだったから」

3P！　今回はずいぶんとアダルトな話。よい子はおとうさんおかあさんに意味をきいちゃいけないよ。目がまわりそうだったが、おれはそんなこと自分でもいつもやってる調子で返事をした。

「あーなるほどね」

「いつものことだし、いい思い出になった。それから、また仕事をがんばった。映画の宣伝があったんで、取材を五十件くらい。二週間まえくらいかな。いきなりしらない番号の電話がかかってきた。普通ならそういうのはガン無視なんだけど、あまりにしつこくて電話にでたんだ。それが……」

タカシが写真をテーブルにすべらせた。金髪の中年。アロハのうえにベージュのスーツを着ている。タカシがいった。

「そいつは市岡《いちおか》エンターテインメントの代表で、市岡昌也《まさや》。芸能プロの社長だ。といってもモデルにグラビア、それとAVなんかがメインのあやしい女商売だ」

おれはあらためて写真を見た。どうもまともな筋の人間には見えない。スマホのカメラで複写する。イッキに質問した。

「むこうの世界は筋者とのつながりが深いというけど、こいつはどうなんだ」

イッキは肩をすくめた。白いシャツの肩の線がきれいだ。代わりにタカシがいった。

「イッキはおまえと同じで間抜けすぎる。市岡はれっきとした企業舎弟さ。役者を脅すのも手慣れたもんだ。谷岡悟朗《たにおかごろう》の事件、覚えてるか」

よくわからないグラビアアイドルと浮気して、最近は名前をきかなくなった俳優だった。渋い脇役が多く、殺人犯なんかをやらせるとピカイチで、案外おれも好きだったけどな。

「あのとき陰で動いていたのは、こいつだ。それに森井《もりい》高太郎《こうたろう》のやつも」

役者の名前だけはきいたことがあった。

「その森井なんとかも事件を起こしたのか」

イッキがいった。

「いいや、森井さんのほうは事件化していないよ。でももう一年半以上事務所は金を吸いとられている。まったく、ぼくは馬鹿だ」

微妙な間をとってそういうと、心から反省しているようにきこえた。タカシは液体窒素なみに冷たい。

「ああ見たことないほどの馬鹿だな。みすみす市岡が用意したエサにくいついた」

そういうことか。おれはハイボールをのんで、のどを湿らせた。なんだか妙に口のなかが乾いていたのだ。

「谷岡悟朗のオフィス谷岡、森井高太郎のダブルG、イッキの所属するアロイジア。共通点はわかるか、マコト」

タカシにきかれた。おれは芸能事務所なんてノー知識。フランスの作曲家六人組ならわかるけどね。プーランク、オネゲル、ミヨー、デュレ、オーリック、タイユフェール。帰ったらプーランクでもきいて寝よう。あの冗談みたいに軽くて洒落たセンスはイッキによく似ている。

「わかんない。アロイジアって、あのモーツァルトを振ったソプラノのアロイジアか」

イッキが驚いた顔をした。

「そうだよ。事務所の名前の由来をあてられたのはマコトくんが初めてだ」

タカシがイッキを無視していった。

「どこも大手じゃなく中小の芸能事務所で、あっちの世界の息がかかっていないところだ。市岡は慎重に獲物を選び、その手の事務所に所属する俳優ばかり狙って、罠《わな》を張ってるってわけだ。イッキ、その女の名前は？」

イッキは上品に頭をかいた。

「まいったなあ。ぼくはほんとに馬鹿だね。咲良野《さくらの》エレン、市岡エンターテインメント所属。彼女は十九歳だった。そのときは二十三といってたけどね。ぼくは彼女といっしょに酒をのみ、3Pをした。彼女はやたらアルコールに強かった。テキーラを一本ひとりで空けたくらい。スマホで写真も撮られた。というよりたのしくて、のりのりで自分でも撮った。それがこれ」

真新しい漆黒のアイフォンをおれのほうにむける。どえらくグラマーな茶髪のハーフの女。イッキのうえにまたがり、裸で髪を振り乱している。左右に離れて揺れる大陸的サイズの乳房。AVのスチルみたい。

「なんというか、とても未成年には見えないな」

イッキは困ったように笑った。

「そうなんだよ。あれは誰でもだまされる」

おれは心から同情した。

「おれもあんたの立場なら、だまされてるな」

タカシは氷のハンマーを振るって判決を告げた。

「間抜け、おまえたち、そろって地獄堕ちだ」

「ぼくは後日、市岡と会った。場所は渋谷のホテルの個室だった。市岡は写真を何枚ももってきた。おおきな封筒に、引き伸ばした写真が全部で八枚。エレンとぼくのもので、下着を身につけているほうがすくなかった。大切なうちの女の子に傷がついた。慰謝料を支払ってほしい。将来のあるタレントだから、誠意をみせてほしいって」

はあとおれはため息をついた。古典的な脅迫か。

「要求額は？」

イッキは首を横に振り、淡々と続けた。

「具体的な数字はいわなかった。ただできる限りの誠意を見せてほしいというだけだ」

相手の懐《ふところ》具合がわからないときの常套《じょうとう》手段だった。タカシは横をむいている。

「まだ払ってないんだよな」

「ぼくとしてはさっさと片をつけたかったから、支払ってもよかったんだ。この仕事を始めて、ずいぶん貯まったからね。一億には届かないけど、近いくらい」

おれとは住む世界が違うのだ。同世代のガキの銀行預金が一億に届く。夢みたいな話。こういうのも格差社会というのかな。タカシがいった。

「さっさとすませろ。今、どれくらいイッキは追いこまれている」

タカシにヒットエンドランのような笑顔をむけてから、やつはおれを見る。よくできた顔だ。鼻筋はえらくとがって、高級なティーカップのもち手みたいに繊細。

「ぼく個人で払うにしても、払わないにしても、事務所に報告だけはしておかなくちゃいけない。それでうちの社長に話したんだ。牧野《まきの》さんとはデビューのころから、ずっとふたりでがんばってきたから」

立ちあげのころからの戦友という感じだろうか。イッキが事務所の稼ぎ頭か。

「で、牧野社長はなんだって」

イッキはそこで初めて、肩を落とした。絶望した人間の演技をするように。役者は普段でも、どこか芝居がかっているように見えるときがあるよな。フィクションがノンフィクションに影響するのだ。

「ダメだって。ぼくが払ってもダメだし、事務所からも一円も払う気はないって」

イッキの右手が震えだした。ミツバチの羽ばたきみたいにうなりをあげそう。タカシはやはり池袋の氷の王さまだった。

「やっとこの話で、まともな人間が登場したな。イッキが金を払えば、おまえはいつまでもしゃぶられる。事務所なら金だけでなく、仕事もまわせといってくるだろう。あっちの世界のやつを一度相手にしたら、それで永遠に血を吸われることになる。二度と縁は切れない」

目のまえのハンサムな男を見た。少年と大人の中間、男と女の中間を歩いているようにみえるイッキ。羽をもがれたも同然だ。

「ぼくは事務所の意向を市岡に伝えた。そうしたら、おまえの役者生命をつぶしてやるって」

タカシがおれをにらむように見ていう。

「市岡がつぎにやりそうなことはなんだろうな、マコト」

手段ならいくつも考えられる。おれが市岡の立場なら、笑いがとまらないだろう。

「ネットにばらまく、週刊誌に売る、あるいはどこかの組織と組んで回収をまかせる、あとは家族なんかに脅しをかけるのもわるくないな。家が金もちの場合だけど」

イッキの笑顔がしおれていた。

「うちは母親とぼくだけだ。家に金なんてないよ」

タカシが真っ黒なバーの個室でぱちんと指を鳴らした。

「というわけだ。イッキは未成年者との飲酒と淫行で切羽《せっぱ》つまってる。事務所も頼りにならないし、ヤクザな事務所に金を払うのは論外だ。マコト、おまえの頭でなにかいい解決法はないか」

針の穴にラクダをとおす。井戸にクジラを泳がせる。十字架にかかったイケメン俳優を救う。タカシの依頼はいつも無理難題ばかりだった。

「おまえの友達だからがんばるけど、保証はなにもできないぞ」

イッキがおれをまっすぐに見ていった。吸いこまれそうな目。

「マコトくん、最悪の場合ぼくはもう役者をやめてもいいかなって思ってる。芝居は好きだけど、続けられないならしかたない。ぼくは人生になんて、最初からなにも期待してなかったから」

そいつはおれとタカシも同じだった。だが、こいつには自分で勝ちとったポジションと名声がある。

「もったいないだろ。まだ若いし、これからもっといろいろな役ができるんだぞ。だいたいあと何十年もどうやって暮らすんだよ。おまえのおふくろさん、どうすんだ」

その場であせっているのは、おれだけみたいだった。タカシはいう。

「おまえがプランをだせば、おれが動く。おれもイッキを見殺しにするつもりはない。考えろ、マコト」

まったく損な役ばかり。おれはやけになって、ハイボールのお代わりをした。すると、淫行写真のはいったイッキのスマホがテーブルのうえで震えだした。

イッキは画面を見ていった。

「うちの社長からだよ。ちょっとわるい」

スマホをもって個室からでる。おれはタカシにいった。

「完全に無傷であいつを助けるなんて、もう無理じゃないかな」

タカシはフリーザーのなかの氷のように冷静。

「それならおまえがうまくダメージコントロールをしろ。最悪のパターンだけは避けておけ。やつはフニャフニャに見えるが、芯《しん》はあきれるほど強い。おまえがなにをしてもだいじょうぶだ」

池袋のキングからの多大なほめ言葉だった。おれもいわれたことがないくらいのな。

個室のすりガラスのドアが開き、イッキが帰ってきた。

「明日の午前十一時、渋谷のホテルでうちの社長と会うことになった。ふたりもきてもらえないかな。紹介しておきたいんだ」

めんどくさいが、そういうことならしかたないだろう。おれはタカシにうなずいていった。

「わかった。イッキはできるなら、役者の仕事続けたいんだよな」

一瞬で顔つきが変わった。えらく真剣。

「ああ、できることなら」

イッキはシャンパンの残りをのみほして、首をかしげた。

「だけど、おかしいんだ。牧野さんによると、ハシモトプロの取締役が急に面談をセッティングしてきたんだって。ぼくにも意味がよくわからないけど」

ハシモトプロはイッキのアロイジアのような新興芸能プロダクションではなかった。それこそ進駐軍がいたころからの芸能事務所の老舗《しにせ》。盛衰の激しいむこうの業界でもトップスリーから半世紀以上動かない。

おれはなんだか嫌な予感がしていた。どう転んでも、このトラブルは平和に解決しそうにはなかった。おれとタカシ、池袋のツートップが走りまわっても、ゴールは遠そうだ。

「もし、ほんとうに全部ダメになったら、三人で店でもださないか。池袋の裏町でバーでも。絶対に流行ると思うんだけどな」

危機一髪の当事者はやけにのんきなものである。

遅い午前の渋谷はやけに乾いていた。

おれは池袋ネイティブだが、どうもこの街には慣れることができない。地方のやつにはわからないかもしれないが、東京の繁華街にはどこも絶対に間違えようのないカラーがあるんだ。池袋は土のにおいがするが、渋谷はなんというか砂っぽい。乾いてザラザラした人造物のにおい。

おれとタカシは再開発で迷路のようになった歩道橋をわたり、駅からすぐの超高層ビルにむかった。セルリアンタワーのロビー奥にあるラウンジにおりていく。階段三段分ほど低いスキップフロア。ガラス壁のむこうはやけに窮屈そうな日本庭園。

高さ十メートルもある透明な壁際にあるソファで、イッキが手を振ってきた。となりで小太りの中年女が立ちあがった。四十代なかば、身長はヒールをはいても百六十あるかないか。おれたちがいくと、やつが紹介してくれた。

「こちらがぼくの高校時代からの友達で、安藤崇くん。池袋で青少年を束ねてNPOみたいなことをしているんだ。で、彼の友達でこれまで数々の街のトラブルを解決してきた真島誠さん。警察の表彰も二回くらい受けてるんだって」

芸能事務所の女社長の目つきがすこし真剣になった。警察という言葉になにか感じたのかもしれない。

「で、こちらがうちの事務所の社長で、牧野さん。ぼくのデビューのときから、ずっと面倒をみてもらってる」

女社長はていねいに頭をさげる。

おれたちはソファに座り、アイスラテを注文した。黒いシャツで気配を消したイッキがいう。

「あの件なんだけど、タカシとマコトに頼んでもいいかな。できる限りのことをしてもらいたいんだ。費用はぼくがもつよ。それだけ社長に了解をとっておきたくて」

ほんもののシャネルスーツを着た女社長が、おれとタカシを交互に見つめた。首を横に振っていう。

「しかたないわね。でも、暴力と違法行為だけはダメよ。この件がおおやけになれば、たいへんな騒ぎになる。火に油を注ぐような真似をしたら、イッキだけでなくうちの事務所も飛んでしまう。あなたがうちの事務所と契約している限り、なにがあってもお給料はきちんと払うんだから」

牧野社長はそういうと腕時計を見た。銀色の蛇が手首に巻きついてる。確かブルガリ。おれは質問してみた。コミュニケーションはとっておいたほうがいいからな。

「オフィス谷岡とダブルGの話はききました。あの市岡っていう男は、つぎにどんな手を打つと思いますか」

牧野社長は周囲をこわごわ見渡した。ソファセットは離れているし、別におおきな声できいたわけでもないんだが。

「イッキからきいてるのね。谷岡さんのところは業務協力費だか提携費を払わなかったから、写真を週刊誌にもちこまれた。それで今はおおきな仕事はぜんぜんまわってこないの。悟朗さんは舞台でがんばっているわ。森井さんのところは、毎月利益の何十パーセントかを、提携してるあの事務所に払いこんでるという噂」

イッキが目を光らせた。

「そうか、舞台ならできるんだ」

「そんなに甘いものじゃない。一度頂点を味わったあとで堕ちるのは、つらいものよ。無名の役者とちいさな舞台に立ち続けるんだから。悟朗さんはハートが強いの。立派なものよ。イッキに耐えられるかしら」

腕を組んで考えこんだ若い俳優を無視して、おれはいった。

「じゃあ、このまま支払いを拒んでいれば、やつは写真をどこかの編集部にもちこむ可能性が高いんだな」

「そういうことになるわね。ぞっとしない話だけど」

　タカシは涼しい顔で渋谷のまんなかにある日本庭園を眺めていた。これくらい周囲に無関心だと、やんごとない高貴な雰囲気がでてくるから不思議だ。おれはいった。

「その場合だけど、やつにどれくらいの金がはいるのかな」

　女社長が首をかしげた。

「さあ、わたしにもよくわからない。せいぜい数十万円とか百万というところかしら。普通の出版社は何百万円も払わないでしょう」

「じゃあ、イッキから引っ張るほうがはるかにおいしいんだ」

　牧野社長が眉をひそめた。

「ビジネス上はそうなんでしょうね。ああ、むかつく」

　タカシがぼそりという。

「数十万もらって、悪名がとどろく。悪い話じゃない」

　市岡がネタをもちこんだことは、すぐ業界に広まるだろう。いい宣伝だ。つぎに脅す事務所は毎月業務提携費を払ってくれるかもしれない。ダブルGのように。おれはアロハシャツを着た市岡の顔を思いだしていた。

　穴の底で待つ芸能界のカラフルなアリジゴク。

そのとき牧野社長のスマホが震えだした。テーブルのうえを虫のようにはいだす。

「ちょっとごめんなさい」

立ちあがるとガラスの壁際にいき、誰かと話している。驚きの表情がつぎの瞬間ひどく険《けわ》しくなった。タカシはあたりまえのようにいう。

「マコト、なにかいいアイディアは浮かんだか」

イッキも目を輝かせ、おれを見つめた。悲鳴にきこえないといいなと思いながら、できるだけ無表情でいった。

「あるはずないだろ」

だいたい芸能界なんて魑魅魍魎《ちみもうりょう》の世界は、おれとは畑違い。桃や梨の棚のとなりで、宝石でも売るようなものだ。ジュエリー真島。無理に決まっている。社長が帰ってくると、イッキがきいた。

「どうしたの、顔色わるいよ。よくないニュースなのかな」

牧野社長がマニキュアをした指をかんでいた。よく見ると右手の中指だけ爪の先がぎざぎざ。おれたちとイッキを交互に見て、ため息をついた。

「もう、いいわ。あなたがたもイッキの事件の関係者だものね。今の相手はうちの事務所の経理担当。入金の確認の電話だった。今朝、五千万円振りこまれていた。社長はこのお金わかりますかって」

五千万！　おれなんかが一生手にすることのない額だ。いったい八街《やちまた》スイカをいくつ売れば届くのか。千葉県の作つけ面積全部？　イッキがきいた。

「どこから」

「意味がわからない。これからうえで会うハシプロからよ」

ハシモトプロは面談をもちかけてきた張本人だった。おれはいった。

「あのさ、事務所同士って、話しあいをするまえに、大金をプレゼントしあう風習とかあるのかな」

今度、お茶しましょう。ついてはご挨拶に五千万ばかり振りこんでおきますから、よろしく、なんてね。ますます遠い世界に思えてきた。

女社長は銀の蛇の頭で時間を確認すると腰を浮かせた。

「とにかくハシプロの人と話をしてきます。一時間はかからないと思うけれど、あなたがたはどうする。なんなら、むこうのレストランでランチしていてもいいわよ」

五千万の振込とハシプロの話もききたい。どうせ渋谷まで遠征したのだから、昼飯くらいご馳走になるのもいいだろう。ふたりの了解を得ずに、おれが返事をした。

「そうさせてもらいます」

牧野社長は伝票を手にすると口を開いた。目はしっかりとタカシを見ている。

「あなたはどこかの事務所にはいっていないのよね。どう、うちで力を試してみない。モデルの仕事なら、すぐに紹介できるんだけど」

タカシは渋い顔をして、首を横に振った。王は下世話な服飾モデルになど関心はない。小太りの女社長はおれには一瞥《いちべつ》もくれずにロビーを横切り、エレベーターホールにむかった。あの女は、あんまり仕事できないな。


ロビーの奥にある明るいレストランで、おれはハンバーガーをたべた。三千円近くするハンバーガーは肉が分厚くて、ナイフとフォークがついている。おれの好きなマックとは別のくいものだった。うまいんだが、どうにも慣れない。おれは百円ので積極的にいいや。

タカシとイッキはサラダとドリンクだけ。さすがにモデル体型のやつは、くうものが違う。おれは頭脳派ではあるが、肉体労働者なのだ。

おれたちはどうでもいいことを話しながら、高級なホテルの高級なレストランで待った。なんとなく人間が上品になった気がしたけれど、きっと勘違いだろう。三十分後、青い顔をした牧野社長がテーブルのあいだを抜けてくる。おれたちに会釈《えしゃく》だけして、イッキに声をかけた。ショックを受けた顔。

「ちょっと困ったことがあって、ここで失礼するわ。イッキ、いきましょう」

おれとタカシは足元をふらつかせて歩く女社長を見送った。なにかトラブルがあったのははっきりとわかった。タカシの粉雪のような声がきこえた。

「しかたない。おれたちも帰ろう」

おれも池袋の街をなつかしく感じ始めていたころだ。Gボーイズのクルマで店まで送ってもらった。店のまえでおりると、やはり土のにおい。やっぱり池袋はいいよな。


　その日のおれは、マカロンのように軽くてカラフルなオネゲルのヴィオラ・ソナタを店のCDプレイヤーで流した。もちろん音楽の歴史に名を残すには、軽いだけではダメで、どこか妙にねじれた皮肉さや生真面目さもある作品だ。ドイツにはユーモアのある音楽はすくないが、フランスにはけっこうあるよな。ドビュッシー、サティ、オネゲル。どれもおれが好きな作曲家だ。

池袋の青い空がうっすらとオレンジがかった夕暮れ、店のまえに黒いクジラみたいなワンボックスカーがとまった。スモークガラスがさがって、サングラスをかけたイッキが顔をのぞかせる。

「ちょっと話をきいてもらっていいかな」

おふくろがおかしな顔をして、おれをにらんだ。ブルガリはしていないうちの社長にいう。

「こういってるんだけど、いってもいいか」

イッキはサングラスをはずして、笑顔でぺこりと頭をさげた。

「すみません、マコトくんのおかあさまですか。ちょっと相談事があるので、お時間お借りしていいでしょうか」

途中でぱっとおふくろの顔が変わった。イッキは自分の笑顔の威力をよく理解している。

「ああ、あなた役者の鳴海一輝……さんだよね。いいよ、マコト、いっておいで」

おれはデニムのエプロンを脱ぐと、丸めて店の奥に投げる。オネゲルのソナタがかかる果物屋から、イッキのマネージャーが運転するクルマにのりこんだ。

「夜はバラエティ番組の収録があるんだ。お台場までいくから、話をきいて」

夕方の混雑が始まった明治通りをワンボックスカーが流れていく。キャプテンシートというのかな。後部座席はすべてひとりがけだった。運転している若い男のマネージャーにイッキが声をかけた。

「この人はマコトさん。牧野社長に了解をとって、すべて話していいことになってるから。ノブくんもここできいた話は胸のなかにしまって、秘密にしてね」

「うっす」

ツーブロックの髪をした黒いスーツのノブくんが、Gボーイズみたいな返事をした。

「牧野社長が会ったのは、ハシモトプロの取締役だったんだ。創業者の橋本さんは元ロカビリーの歌手だったんだけど、もう八十歳をすぎてるから、ほとんどおもてにはでてこない」

「へえ」と、おれ。八十でも社長がつとまるんだな。

「取締役はナンバーツーの実力者なんだけど、むこうの世界とずぶずぶなんだ」

頬を切るしぐさ。なんだかな。

「で、牧野社長ににおわせてきたんだって。おたくの事務所がなにか深刻なトラブルに巻きこまれているみたいですねって。やんちゃな若い俳優がなにかえらいことをしでかしたと、業界では噂になっています」

おれはやんちゃな俳優の顔を見た。悔しげに唇がねじれている。そうはいっても、十分イケメンなんだが。イッキは取締役の声色でもしているようにいう。

「うちではかねがね御社の飛躍に注目していた。素晴らしいタレントをたくさん抱えていらっしゃる。ついては、ここで業務提携をご提案したい。うちの力があれば役者のトラブルもきれいに処理できる。将来のある若者をこんな形で潰《つぶ》したくはないでしょう。くそっ！」

イッキが自分のてのひらにパンチをくらわせた。ぱちんっと鋭い音が車内に響く。

「きくところによると、牧野さんはその若手をデビューからずっと手とり足とり面倒をみて育てたというじゃないですか。あなたが初めて一から育てたスターだ。役者として洋々たる未来の芽をつむより、うちと提携しませんか。おたがいに利益を生む、ウィンウィンの関係が必ずできる。お振りこみしたものは、最初のご挨拶です。お好きなようにおつかいください」

懇切ていねいに首を絞めあげるようなものだった。おれはウィンウィンという言葉が大嫌い。大と小なら、ちいさいほうが割をくうに決まっている。

「イッキって、そうやって相手の話を全部覚えて再現できるんだな」

「うん。ちいさなころからひとりでテレビを観て、気にいった場面はひとり何役もやって再現していたんだ。今みたいに便利なハードディスクレコーダーとかなかったから」

「ふーん、やっぱり役者が天職なんだな」

取締役のいうことにも一理はあった。こいつの才能は潰すには惜しいのだ。おれは窓の外を流れる原宿の街を見てからいった。

「業界大手のハシモトプロにもイッキの噂は流れてる。まあ、市岡が話をもちこんだのかもしれないが。要は振りこんだ五千万で、市岡と話をつけて、自分のところの傘下にはいれってことだろう」

確かに暴力団の世界とよく似たやりかただった。だが今ではたいていの組織が合法非合法にかかわらず、金によって縛られている。この世界でなぜ金がそこまでの力をもつようになったんだろう。これはおれの単純な感想。イッキが遠い目をして他人事《ひとごと》のようにいう。

「自分の未来が銀行のあいだでやりとりされてるなんて、おかしな感じだよ」

「牧野社長はなんだって？」

イケメンがこちらにむき直った。

「それを伝えにきたんだ。社長は覚悟を固めたみたい。ぼくを完全に切るって。うちにはほかにも二十人を超えるタレントがいるし、ぼくひとりのためにハシプロの傘下にはいることも、市岡のところに金を払い続けることもできない。そういわれたよ」

「ふーん、そうなんだ」

うまい返事のしようがない情報だった。イッキはどこか明るい表情でいった。

「牧野さん、今ハシプロにいってるんだ。虎屋の羊羹《ようかん》と礼状もってさ。五千万円はすぐに返したけど、こっちの世界は筋をとおさないといけないから」

「だけど勝手にむこうから振りこんできたんだろ。それじゃ、羊羹の分だけ損じゃないか」

「そうだよ。でも、そういう習わしだから。お洒落だとか流行だとかちやほやされているけど、芸能はほんと古い世界なんだよ」

「ともかく、市岡のところにあるネタがどこかの週刊誌にもちこまれるのは、これで決定なんだな。ハシプロの誘いを断り、市岡の強請《ゆすり》は突っぱねるんだから」

イッキは視線を落として、自分の手を見ている。いい男というのは、手の甲や腱さえきれいなものだ。働き者のおれの手とは大違い。

黒いワンボックスカーはいつの間にか、レインボーブリッジにさしかかっていた。織田裕二が封鎖できなかった橋だ。お台場のテレビ局の現代アートのような姿が見えてくる。イッキが最後にいった。

「牧野社長からの伝言だよ。ことがうまく運ばなければ、ぼくを切る。法律に違反しなければ、好きなようにやっていいって。あんたが好きなようにやりなさい。だけどさ、こんなにこんがらがったら、どうしようもないよね。マコト、どうするの」

おれは黙って夏の橋とそのしたを流れる河口を眺めていた。いいアイディアなど、なにもない。いつもトラブルのこの段階で苦しむことになるのだ。

「……考えてみる」

おれの深刻さにまるで気づかずに、イッキが目を光らせてこっちを見ている。

「タカシにきいたんだけど、マコトってすごい力があるんだってね。どんな事件もあいつがかかわると、不思議といい方向に転がりだす。運と才能があるのかもしれないって」

普段ならひどくうれしいはずだが、そのときのおれはキングの言葉を素直によろこべなかった。目のまえには役者生命を絶たれようとしているガキがひとり。おれは畑違いの問題で、なにをしたらいいのかちんぷんかんぷん。

イッキに収録を見学していくかと誘われたが、お台場の駅のまえでおろしてもらい、うちに帰った。バラエティで笑ってる場合じゃない。

その夜はオネゲルをききながら、ずっと考えていた。こんなときの気分は最悪。だが、どこに逆転の芽があるかはわからない。ヒントはテレビの海外ニュースから飛びこんできた。新しいアメリカ大統領がニューヨークタイムズやCNNをフェイクニュースだとののしっていた。

ニュースが真実でも、そいつを認めたくない場合、相手の評判を落とせばいい。おれたちがやるべきことは、市岡の裏を暴《あば》くことだろう。やつのやり口をおもしろおかしく世間に広められないか。スマホの時計を見ると真夜中をすぎていたが、かまうことはない。イッキの番号を選ぶ。やつはすぐにでた。音の背景はどこかの飲み屋。

「わるい、ちょっと質問がある。谷岡悟朗のスキャンダルを載せたのは、どこの週刊誌なのかな」

イッキは酔っているようで、ひどくご機嫌だった。

「『週刊新風』。さっき、そこのデスクと話したよ。来週にはぼくの記事がでるってさ。記事のさし替えができるのは、あと五日間なんだって。笑っちゃうなー。市岡のオッサンも手が早いや。お金を突き返したとたん、これだよ」

　いよいよ時間がなくなってきた。おれはあせりなど見せずに静かにきいた。

「イッキのところに咲良野エレンの写真あるよな。イッキはどこかの週刊誌に話ができる記者はいないか。『週刊新風』のライバルだと、なおいいんだけど」

「あーそれなら『週刊サーズデイ』がある。そっちは写真週刊誌だけど、『新風』のライバルなのは間違いないよ」

「了解、なるべく早く記者と会えるようにセッティングしてくれ。ただし、おれのやりかたではスキャンダルは防げないし、イッキはCMの仕事を全部なくしちまうかもしれない」

　急にイッキの声が真剣になった。

「あんなあぶく銭どうでもいいんだ。ぼくは芝居さえ続けられるなら、あとはなにをなくしてもかまわない」

　甘いささやきでOLを励ます柔軟剤のCMのイッキよりも、そのときはずっと男前だった。感心していった。

「そうか。役者が一番なんだ」

「ぼくは空っぽだから、役がなきゃ生きていけないよ。タカシのほうはどうするの」

「こっちで話をつけておく。Gボーイズへのギャラは、よろしくな」

ようやくいいにおいがしてきた。おれはオネゲルにあわせて鼻歌をうたいながら（これはけっこうな高難度）、布団に横になった。

『週刊サーズデイ』の編集部は神田にあるという。おれがタカシに話をしたのは、そこにむかうGボーイズのボルボのなか。

「ふん、相手の評判に傷をつけるか。記事はとめられないが、その代わり最低限のダメージコントロールにはなるわけだな」

察しのいい王さま。タカシは痛いところを突いてくる。

「だが、その方法ではスポンサーは満足しないな」

「やつから了解はもらってるよ。あぶく銭はいいから、役者の仕事だけきちんとやりたいってさ。あいつ顔は二枚目だけど、骨は硬いな。さすがおまえのお友達だけあるよ」

タカシは露骨に嫌な顔をした。運転中のGボーイの肩が笑いで震えている。タカシは急速冷凍中の冷凍庫のように声の温度をさげた。

「それで、うちはどうすればいい？」

おれはもったいぶっていってやった。

「おれたちの得意技だ。張りこみと尾行にかけては、週刊誌なんかに負けないだろ。市岡と咲良野エレンを徹底的に張ってくれ。材料はなんでもかまわない。記事のほうは『サーズデイ』の記者が書いてくれる」

タカシの表面温度がさらにさがったようだ。王は上機嫌だ。

「まかせておけ。マコト、おまえもくるか」

「そうだな、顔だけでも見ておきたいから、参加させてもらう」

ちょうどボルボは、夕闇のおりてきたＪＲ神田駅まえにすべりこんだ。『週刊サーズデイ』を発行する交読社は十二、三階建てのぴかぴかの新社屋。おれはタカシにいった。

「編集部に顔だすか」

「いいや、やめておく。おれは尾行の手配だ」

獲物がふたつ、それぞれにすくなくとも三班は必要だから、組織だった尾行はけっこうな大仕事なのだ。じゃあ、あとでといって、おれは白いＳＵＶに手を振った。


ロビーにはマスクをしたイッキ。マネージャーはついていない。受付をすませると、すぐに入館証をくれた。週刊誌の編集者は三十代なかばくらい。ショートカットの女性だった。キャリアウーマン風というより、女教師風。それも中学の美術の先生みたい。

「鳴海さん、お久しぶりです。会議室とってありますから、うえへあがりましょう」

おれを見てちらりと微笑した。イッキをしたの名前で呼ばないところも好印象。だいたいおれの周囲にはインテリの女がいないから、おれは案外この手のタイプに弱いんだ。社員証の名前を読んだ。山名《やまな》一見《ひとみ》。会議室は九階の奥だった。マンガ週刊誌と『サーズデイ』でフロアを半々にしてつかっている。廊下もエレベーターホールも、マンガと雑誌のポスターと表紙だらけ。

おれたちが二十人ははいれる会議室にとおされると、あとから四十代の編集者がやってきた。

「デスクの飯山《いいやま》です。なにか急なお話があるとか」

おれが口火を切った。

「真島誠といいます。こちらにいる鳴海一輝の代理人をしています。これから話すことはイッキの事務所にも了解をとっています。噂をおききになっていませんか。近々『週刊新風』でイッキにかんするスキャンダルが載る。芸能生命が絶たれるようなトラブルだって」

『新風』の名前でデスクの顔つきが変わった。両手を組み直して、飯山がいう。

「ええ、噂は確かに。それについて、鳴海さんサイドもなんらかのいい分があるということでしょうか」

「ええ、そういうことです」

ミサイルにはアンチ・ミサイル。スキャンダルにはアンチ・スキャンダルというわけ。おれはネットで拾った咲良野エレンの写真を会議テーブルにならべた。

「彼女は市岡エンターテインメントに所属するタレントです」

二サイズはちいさなビキニから胸が半分こぼれそうだった。

「身体はダイナマイトだけど、年齢は十九歳。もっとも本人は酒はのみ慣れてるし、男のほうも手慣れたものです。別に彼女をわるくいっているわけじゃない。ただ去年女の子を産んでいるのは事実です。そうだったな、イッキ」

若い俳優は黙ってうなずいた。チェックのボタンダウンシャツの飯山が、目を細めてグラビアアイドルもどきの写真を見つめている。そのあいだ女性編集者はパソコンでメモをとっていた。

「彼女とのスキャンダルが『新風』に載るわけですね。わかりました」

まだ半分もわかっていない。おれはそういいたかったが、辛抱強く笑っていった。

「問題は市岡エンターテインメントの社長です」

アロハシャツの写真。品性って顔にそのままでるよな。街金のとり立て屋にぴったり。ザ・チンピラって顔をしてる。

「二、三年前に話題になった俳優・谷岡悟朗さんのスキャンダルでも、この男が陰で糸を引いていました。被害者は何人もいます。異性に脇が甘いという噂の芸能人に自分のところの女性タレントをあてがい、あとで脅迫する。業務提携費という名の金がぶんどれなければ、スキャンダルを週刊誌にもちこむ」

パソコンから顔をあげて、山名がいった。

「なるほど、今回鳴海さんサイドの業務提携はうまくいかなかった？」

イッキはうなずくだけだ。ここでは話をするのは、おれだけでいい。

「それはそうです。市岡エンターテインメントは芸能事務所とはいっても企業舎弟ですし、メインの仕事はＡＶに若い女を送りこむことですから。まともなおつきあいなんて、できませんよ。何社か業務提携を結んでいるところもあるみたいですが、毎月利益を吸いとられています」

女性編集者がなぜか、おれのほうをちらちら見ている。若手売れっ子のイッキよりも、おれのほうがイケメンなのだろうか。おれが見とれていると彼女がいった。

「あの、失礼ですが真島誠さんって、『ストリートビート』でコラムを書いてる真島さんですか。毎月たのしみに読ませてもらってます」

かわいそうなおれ。数すくないファンにもイッキのように満面の笑みなど送れなかった。慣れていないのだ。なんとか微笑しようとしたが、顔がかちかちに固まってしまう。

「ええ、まあそうっす」

情けない名コラムニスト。

デスクが口をまっすぐに結んでいった。

「ご用件はわかりました。だけど、市岡エンターテインメントの件だけでは、記事にするにはパンチが弱い。ほかにもっとこう一発でわかるようないい絵はありませんか」

さすが写真週刊誌のデスク。誌面に必要なものがなにか、よくわかっていらっしゃる。おれはイッキにうなずいた。マスクをしたままうなずき返してくる。目元だけでもハンサムはハンサム。おれは大判の封筒から劇薬をとりだした。エレンがイッキに馬のりになり、乳房を揺らせている写真。

「これが市岡によって、『新風』に売られた写真です」

デスクの目の色が変わった。ライバル誌のスクープの目玉写真が手元にあるのだ。しかも、こちらのほうが情報ははるかに充実している。おれは残る七枚をすべてテーブルに広げた。

「この写真をすべてお好きなようにつかってもらってかまいません。その代わり、市岡にかんする告発記事も掲載をお願いしたい」

デスクの目が光った。おれのファンの女性編集者も興奮で頬を上気させている。

「その男について、裏がとれますか」

タカシとGボーイズの張りこみは、週刊誌の比ではなかった。

「今、やっています」

「そうですか、それは頼もしい。できるなら、このエレンさんのコメントがあると、なおいいんですが」

「わかりました。おれが直接いってきます。で、この記事『新風』のスクープにぶつけてもらえますか」

飯山デスクはよだれを垂らさんばかりの笑顔でいう。

「もちろんですよ。企業舎弟の強請屋のつかい走りをする『新風』もたたけますし、文句なしの採用です。真島さん、ほかにもおいしい話があるなら、うちにまっ先にきかせてくださいよ」

おれはイッキに目をやった。意外なことにマスクのうえで目が涙ぐんでいる。やつにとってもぎりぎりの選択だったのだろう。おれはそっと若い俳優の肩に手をおいた。

神田駅まえは帰宅途中のサラリーマンでごった返していた。うまそうな居酒屋がたくさんある。帰りはイッキのクルマだった。運転手はあのツーブロック。イッキはスモークガラスの後部座席に座るとマスクをはずした。

「タカシはどうしているの」

黒いアルファードがゆっくりと動きだす。池袋が土のにおいなら、神田は焼き鳥のタレがこげるにおいだ。

「Gボーイズを動かして、市岡を張ってる。エレンのほうも張ってるけどな。なあ、イッキ、エレンの連絡先まだ生きてるか」

もう時間がなかった。おれとイッキがつつくならエレンのほうだろう。どこかに潜《もぐ》られたまま残り四日間がすぎてしまうのが一番やっかいだ。

「うん、写真を見せられたあとで、むこうから電話があったけど無視してた。まだ生きてるとは思う」

「じゃあ、なんとか会えないか話をしてくれ。おれはタカシに連絡をいれる。エレンを取材して、こっちに引きいれられるか試すって」

「わかった」

イッキはぼんやりと都心の窓の外の景色を眺めている。おれはせっついた。

「今すぐかけてくれ。エレンのまわりも週刊誌に記事がでれば騒がしくなる。どこか海外にでも飛ぶかもしれないぞ」

市岡から成功報酬を受けとり、優雅にハワイのビーチにでも休暇をとりにいくえらくグラマーな十九歳の姿が浮かんだ。まったくあっちの世界に生きてる人間ってカラフルだよな。イッキはスマホを抜くと、すぐに電話をかけた。

「もしもし、エレン。イッキだけど、元気?」

にぎやかな女の声が返ってきた。おれと運転中のマネージャーはきき耳を立てていたけれど、そこからは若いアホなカップルがひまなときにするような会話がだらだら続いた。だんだんおれはいらいらしてきた。イッキの肩をつついていった。

「電話代わってくれ」

「だけど……」

「いいから、代われ」

引ったくるようにスマホをとった。

「もしもしお電話代わりました。咲良野エレンさんですよね」

「あんた誰?」

育ちのよくない感じって、ひと言でわかるよな。おれも人のことはいえないけど。

「今はイッキの代理人をしている真島誠。もう市岡さんから話はきいてると思うけど」

そこまでいったところで、急に電話のむこう側の空気が冷えこんだ。タカシのように余裕のある冷たさでなく恐怖感で。過呼吸のような荒い息継ぎがきこえる。

「もしもし、だいじょうぶか」

「……うん」

「そっちとイッキがからんでる写真が『週刊新風』に載るんだ。市岡社長が出版社に売りこんだ。あんたも当事者だから、話はきかされてるだろ」

「えっ、きいてないよ。あいつ最低だな」

おれはエレンもイッキをはめた側のプレイヤーだと考えていた。

「市岡はあの写真でイッキを脅して金を引っ張ろうとして、断られたはらいせに週刊誌に写真をもちこんだんだ。咲良野さんはしらされてないのか」

「きいてないよ、だからわたしのこと……裏切りやがった」

そこからは泣いているような声。

「今おれとイッキは事務所のクルマで移動中なんだ。これから会えないか。そっちサイドの話をきかせてもらいたいし、今後の対策も考えなきゃいけない。イッキとあんたのヌード写真が来週には何十万部も刷られて世間にでまわるんだぞ」

悲鳴のようなエレンの声。しぼりだすように若い母親がいった。

「わかった。うちのそばまできてくれる?」

「了解、どこにいけばいい」

「中村橋、わかるかな」

池袋から西武線でむっつ目の駅だ。地元のようなもの。ハワイとはずいぶん差がある。

「わかるよ。おれ、池袋に住んでんだ。すぐにいく」

「駅まえのファミレスでね。南口のガスト。ちょっと準備しなくちゃいけないから、一時間もらっていい」

わかったといって通話を切った。ツーブロックのマネージャーがいった。

「練馬ですね。むこうの様子なんだかおかしかったな。その女だいじょうぶですか」

おれにもわからなかった。もちろん一度寝ただけのイッキにもわからないだろう。おれは目を閉じて、あれこれとエレンの状態について頭のなかでシミュレーションをしてみた。

無駄な努力。やはりなにもわからない。

夕方の渋滞にまきこまれたが四十分後には、中村橋のガストにおれとイッキは席をとっていた。マネージャーは駅のロータリーの隅にアルファードをとめて待機している。二階の窓から見おろす中村橋はママチャリの多い庶民の街だ。

十五分後階段をあがってきたのは、見るからに怪しげな女。黒のでかいキャスケットに黒のジャージ。夜なのにサングラスとばかでかい立体マスク。スタイルがどえらくいいのはひと目でわかった。だが、なによりも違和感を感じたのは赤ん坊を抱っこひもで抱えていたことだ。

おれたちに気づくとまっすぐに窓際のボックス席にやってきた。

「よくきてくれた。座ってくれ」

エレンはどさりとショルダーバッグをおき、眠っている赤ん坊を座面に横たえた。

「わたしの裸が週刊誌に載るってほんとうなの」

かなり疲れてとり乱した口調。サングラス越しでもイッキとは目をあわせようとしない。

「ああ、そっちのほうには目線がはいっても、イッキにはそんなものはないだろうけどな」

ウエイトレスがやってきた。エレンはいらいらと注文する。

「オレンジジュース。赤ちゃんがいるとゆっくりコーヒーものめないよ」

おれは正面からエレンを見ていった。

「イッキはこの件で芸能生命を絶たれるかもしれない。悪いけどサングラスをはずしてもらえないか」

刑事と同じだ。嘘をいっているかどうかは瞳の色を見なければわからない。エレンははーっとおおきくため息をついた。

「わかった、しかたないもんね」

トンボの複眼のようなサングラスをとった。マスクも。

「どうしたんだ、その顔」

目のまわりは周囲が黄色くなった青いあざ。唇も端が切れてかさぶたになっている。イッキがいった。

「どうしたの、その顔。もしかして、市岡に？」

エレンがうなずいた。

「うちの事務所最悪だよ。ファッションモデルの仕事だっていってたくせに、水着とグラビアばかり。このまえなんか会ったら、いきなりAVをやれって監禁された」

おれはイッキと顔を見あわせた。裏がわかった。イッキから金を強請れないなら、この女を売ろうと考えたのだろう。エレンの裸の写真はたいそうな話題となるはずだ。スタイル抜群だし、話題性も文句ない。コピーはカンタン。鳴海一輝の元カノ、AVデビユー！　若い俳優が怒りを抑えていう。

「そうか、ぼくだけじゃなく、エレンもはめられたのか。くそっ、じゃあヤスＫＥＮがぼくたちをはめたってわけか」

「誰それ」

おれのこたえにくい質問にはエレンがこたえてくれた。

「３Ｐのときのもうひとり。あいつは市岡の犬だから。だけど、わたし、これからどうしよう。市岡にはもしＡＶやらずに事務所バックれたら、うちの家族に追いこみかけるって脅されてるんだ」

おれは左目にあざをつくったエレンにきいた。

「あんたはＡＶやりたくないんだよな」

ジャージの母親はとなりで寝ている赤ん坊を見た。あざはあっても視線はやさしい。母親の目ってやつ。

「うん、この子もいるし、金のためにそこまではやりたくない。もしやるなら、脅されてじゃなく自分の意思でやりたいよ」

「そうか、あんたはこのあたりの生まれなのか」

にっと笑ってエレンはいった。

「うん、ずっと中村橋。この街はごみごみしてるけど、住みやすくていい街だよ」

ちょっとカマをかけてみることにした。

「だったら、Gボーイズってしってるか。池袋のさ」

手を打って、エレンはテーブルに身をのりだした。

「しってるもなにも、この子の父親Gボーイズのメンバーだよ。もう別れたけど。キングがイケメンだって有名じゃん。わたしも顔見てみたいな」

またタカシの話だった。豊島区板橋区練馬区あたりでは、イッキではなくタカシがハンサムの代名詞になっている。

「じゃあ、やつらが本気になったらどれだけ危険かもわかってるよな。おれとイッキはキングの高校時代からの友人だ。あんたが市岡に逆らってAVの事務所を抜けるというなら、Gボーイズが全力であんたとあんたの家族を守る」

エレンは驚いた顔をして、おれを見た。

「どうして、そんなことまでしてくれるの。わたしは金もってないよ」

おれは横目でイッキを見ていった。

「金ならここにいる一流芸能人がだしてくれる。その代わり、今話したことを週刊誌で記事にしてもいいか。3P仲間のもうひとりが市岡の犬であの写真を撮った。市岡はイッキを脅したが、うまくいかず記事を週刊誌に売った。そのスキャンダルを利用して、あんたをAVに売りひと稼ぎしようとした。あんたはイエスといわなかったから、事務所に監禁され顔に傷を負った。その話をもう一度別な写真週刊誌の記者にしてもらいたいんだ」

エレンは一瞬考える顔になった。

「いいけど、証拠を見せてよ。初対面の人の言葉だけじゃ信じられない」

それはそうだ。きっと市岡にも契約書など見せられたことはなかったのだろう。

「ちょっと待っててくれ」

おれはガストのテーブルを離れ、店をでて階段で電話をした。相手はキング・タカシ。とりつぎがでて、すぐに代わってくれる。空はすっかり夜の色だった。

「タカシ、今どこだ？」

「クルマで市岡を張ってる。西麻布のカフェだ。やつはテラス席で、若い女を必死で口説いてる感じだな。のんでいるのは名前ばかり有名で、すこしもうまくないセックス・オン・ザ・ビーチ」

「じゃあ、ひまだな。すぐに中村橋まできてくれ」

「なぜ？」

「絶対におまえが必要なんだ。すぐにこいよ。南口のガストにイッキといる。じゃあな」

有無をいわさず通話を切ってやった。いつもとは逆の呼びだしだ。実にいい気分。平民が王を呼びつけるなんて、民主主義バンザイ。

タカシは二十分とすこしでやってきた。おれたちは雑談で時間を潰し、エレンは泣きだした赤ん坊に子ども用ビスケットをやっている。名前はエミリ、瑛魅璃と書くそうだ。自分の名前が書けるのは中学生になりそうなキラキラネームである。

Gボーイズのボディガードを連れたキングがテーブルにやってくると、エレンはきゃーきゃーと母親らしくない歓声をあげた。赤ん坊はミーハーな母親を無視してビスケットにかじりついている。紹介してやった。

「こっちがイッキの3P仲間の咲良野エレン、市岡にAV出演を強制されているそうだ。家族に追いこみをかけると脅されている」

さすがに池袋で数々のトラブルを裁いてきたキングだった。もう理解したという顔をしている。空いてる席にはタカシだけ座った。ボディガードは立ったままだ。

「中途半端なやつが素人《しろうと》を脅すときにつかう言葉だな」

「で、Gボーイズが彼女とこの赤ん坊と家族を守ってくれるなら、市岡の話を『サーズデイ』の記者にしてくれるそうだ」

タカシは無表情にどえらくグラマーな十九歳を見てうなずいた。

「了解した。医者にはいったのか」

エレンが赤ん坊を抱きあげながらいう。

「えっ、わたし？」

「そうだ。診断書はあるのか」

「そんなのないよ」

「じゃあ、明日にでも医者にいってくれ。うちの息がかかった病院がある。それと事務所と完全に手を切るつもりなら刑事告訴するんだ。弁護士も紹介してやるし、その分の金はそこにいるイッキが払ってくれる」

気おされてエレンがうなずいた。

「わかった。あのあなたがほんとうのキングなの」

タカシは無駄な質問にこたえる気はないようだった。

「そうだ」とおれ。

「そうだよ」とイッキ。

おれの言葉だけでは疑っているようだったエレンも、イッキがいうと納得したようだった。

「わかった。わたしはいいけど、この子とうちのお母さんだけは絶対に守ってね」

タカシは切手一枚分ほど薄く笑った。

「ああGボーイズの名にかけて、おまえたちを守る」

エレンは返事をする代わりに、カッコいいとかライン教えてとか叫んでいたが、おれはつぎの段どりを考えるのにいそがしかった。おれは女たちからその手の賞賛をもらわなくても別にいいのだ。まあ、タカシがそれほど女たちからいい目にあっていないのは、よくしってるしな。

イケメンだから幸福が保証されるほど、世界は単純にできていない。

それはタカシやイッキを見れば、誰にでもわかることだろう。

帰りはGボーイズのボルボにのせてもらった。帰る方向がいっしょだからな。

「市岡のほうはどうだ」

「フルに尾行しているが、とんでもなく俗な男だな。金と女、それ以外あいつの頭のなかにはなにもない」

女を仕事にするというのは、そういうものかもしれない。なにせなにを考えてるのかわからない生きものをくいものにしようっていうんだからな。

「じゃあ、市岡のほうはもういいよ。エレンが寝返ってくれるなら百人力だ」

はあとタカシがため息をついた。

「今回の仕事は芸能事務所のスケベ社長を尾行して、子もちのグラビアモデルと話をしただけか。マコト、なにかもっと血がたぎるようなトラブルはないのか」

「そんなもんは成熟社会のニッポンにはもうねえですだ、ご主人さま」

おれはそういって、練馬の街なみを眺めた。池袋よりすこしだけ地方色が濃いが、ここもおれの好きな街だった。

翌日、病院で診断書をもらったエレンと神田の出版社にいった。話の流れはほぼ前日のとおり。イッキは夕方から合流した。ざっとまとめた原稿を読んで、若手ナンバーワンの俳優は首をひねる。

「どうしたんだ？」

おれがきくと、やつは芝居のように眉をひそめていった。

「わるくないけど、パンチがないなあ」

「事実はきちんと押さえてるし、力のある記事だと思いますけど」

原稿をまとめたおれのファンの女性編集者がいった。そうそうとおれは勢いよくうなずく。イッキはそれでも不満そうだ。自分のスキャンダルを描く記事にも、美意識が働いてしまうようだった。根っからのアーティスト。指を鳴らしていう。

「そうだ、こういうのはどうかな。みんな芸能人の下半身には絶大な興味があるよね。ぼくがバイセクシュアルであるというのを前面にだしたら、もっとくいついてくると思うよ」

「おいおいいいのかよ。この先だって芝居を続けるんだぞ」

おれの世のおじさん的な意見は女性陣ふたりに粉砕された。編集者もエレンも口々にいう。

「いいですね、それ。バイセクシュアル宣言、受けると思うなあ」

「そうだよ、イッキも本性さらしちゃいなよ。そういうの隠す時代じゃないっしょ」

普通の男よりもバイのほうが受ける時代なのだ。おれはスマホにメモはとらなかったが、記憶にはしっかり留めておいた。いつか誰かを口説くときにつかえるかもしれない。

週刊誌二誌の中づり広告の左の柱を、イッキが独占したのは八月最終週だった。『週刊新風』の見出しは「人気俳優・鳴海一輝、淫行疑惑！」。対して『週刊サーズデイ』は「はめられた鳴海一輝、魂のバイセクシュアル宣言」。となりにはエレンのあざのある顔写真と「女の罠で人気俳優を狙う黒い芸能事務所の腐り切った手口」。

おれはどっちの週刊誌が勝ったのかは、よくわからない。どっちもいつもより何万部か多く刷ったのは確かだけれど。イッキはこのスキャンダルで、数千万円という高額契約のＣＭをすべて失った。だが、エレンが市岡エンターテインメントを刑事告訴すると、風向きが変わった。イッキの出演するドラマや映画はそのままオンエアや上映を続けたのだ。

おれとタカシは渋谷のホテルの四十階にあるフレンチレストランで、お礼のご馳走に呼ばれた。牧野社長によるとなによりうれしかったのが、ドラマも映画も打ち切りにならず、オファーもとまらなかったことだという。それでこれからも俳優の仕事を続けられるメドが立ったという。

おれたちは渋谷の街を見おろす窓を背に、シャンパンで乾杯した。

おれは別にシャンパンなんか好きじゃないが、そのときはこういうのみものもいいもんだなと素直に思った。生きものでものみものでも、弾けるっていいもんだ。

帰りは牧野社長と別れて、おれたち三人だけになった。高速エレベーターのなかで、イッキが胸をたたいた。

「社長が今夜ののみ代だしてくれた。これから、みんなでのみにいこうよ。六本木でも銀座でもいいよ」

おれはタカシと顔を見あわせた。きれいな女がいる店はそっちなのだろうが、おれたちには似あわない。おれは俳優生命があと何十年か延びたイッキにいった。

「なあ、今夜はこっちのホームにこいよ。すごい美人はいないけど、くつろげるぞ。池袋でのもうぜ」

イッキはおれとタカシの顔を交互に見て、無邪気に笑った。

「まあ、いい男がふたりもいるから、池袋でもいいや。今夜はとことんつきあってもらうよ」

エレベーターが一階について、扉がなめらかに割れた。おれたちは夜のホテルの暗くて静かなロビーをすべるように移動していった。女たちはイッキに気づくとざわざわとたがいをつつきあって騒いだ。タカシにはあの人も役者かしら、おれにはマネージャー若いのね、なんてな。

おれは容貌差別の時代がいつか終わることを祈りながら、ホテルのエントランスをでた。開いたままのタクシーの扉が待っている。久々にタカシとのむのもいいだろう。夏ももう終わろうとしている。実のところ、おれは男だけで見る夜明けが案外好きなのだ。

鏡のむこうのストラングラー

欲望の形が見えにくい時代になったよな。

　セックスは非正規で働く大量の中年男のように、誰からも気にされず「見えない化」がすすんでしまった。大正琴や軍人将棋や紙の雑誌なみに時代遅れの存在になったのだ。

もちろんおれは雑誌もセックスも好きだけどな。

今の一番人気は不倫で、セックス自体や結婚よりも注目度が高い。わたしたちがガマンしてるのに、こっそりたのしんでズルい、許さないというわけ。だから風俗産業もこのところ目新しいものはあんまりない。客の主力だった若い男たちが草食化して、どの店も四苦八苦だ。池袋駅のおもに西口、北口に広がる店のほとんどが、立ち枯れするようにしょぼくなっている。新規開店はめったになくて、昔の名前で細々営業を続けてるだけ。

経済成長とともに欲望は死んだのだ。GDP成長率のほんの三～四パーセントがおれたちの性欲に与える影響って、実にすごいもんだよな。日銀の仕事が少子化の最後の防波堤になるとは、金融緩和まえには想像もできなかった。

だが、どれほどセックスが不人気になっても、一定の割合で変態は確実にいる。おれの最初のストリートの話は覚えているだろうか。池袋の連続女子高生首絞め事件。馬鹿みたいにニュースになったから、ストラングラーの名はあんたの記憶にも残ってるだろ。タカシがエリート麻酔医だというやつの鼻骨を折った音は、おれの耳にはまだ新鮮だ。

この秋、また池袋にストラングラーが出現した。

季節がめぐって木々の葉が色づき、『落葉のコンチェルト』（アルバート・ハモンドの名曲だ）にあわせて散っていくように、時代が巡れば変態の首絞め魔もまたやってくる。まあ人の世なんてただぐるぐる回転してるだけだからな。見ているといい、十年まえに流行った服がきっと来年あたりにはまたショーウインドウを飾るだろう。

今回は出会いカフェで網を張る巧妙なストラングラーを、おれとタカシがどうやって矯正？　したかという話。まあ、やつが心の底から改心したかは誰にもわからない。真夏日が続く秋の池袋の崩壊寸前の風俗街で、なにが起きたか。じっくりとつきあってもらいたい。

なに？　そんな事件はネットでも新聞でも見たことがないって。

いっとくがこいつはフェイクニュースじゃないよ。だけど街で発生する事件の九十パーセントはメディアになどのらないのだ。誰も記録しないし、誰も関心をもたない。おれは天邪鬼《あまのじやく》だから、そういう名もない事件をこうしてせっせと語り続けているわけ。今から二十年もたったら、あの時代にはこんな馬鹿げたことがあったんだ。そんなふうに思ってもらえるなら本望だ。

おれの話は時代の波を超えて届ける空きビン通信みたいなもの。

誰が読むかもわからない文章をせっせと書くのも案外たのしいよ。

この八月は雨続きで、わが果物屋の主力商品、スイカやメロンはさっぱりだった。まあ冷たい雨がふる八月に誰も水菓子なんてくいたいと思わないよな。ところが十月になると、気候は一変。今度は三十度近い夏日、真夏日が続くのだから、空模様はわからない。おかげで豊水や幸水、二十世紀なんて梨が大人気。おれはひとつ二百円の大玉を売りまくっている。フルーツってつくるほうも、売るほうもお天気まかせなんだよな。

街のほうはあい変わらず静かなものだった。こいつは池袋だけでなく、日本全体でいえることだが、社会が流行に左右されなくなってから、ものごとの変化のスピードが落ちたよな。昨日と今日はさして変わらない。今日と明日も変わらないだろう。パッとしないまま、それが国民的なコンセンサスになったというわけ。政治家たちがなにをアピールしようが、どんな政策を訴えようが、この国が年をとっていくのはとめられないのだ。

で、おれはというと、そういうことはすべて無視することにしていた。人が減ろうが、店の売上が少々落ちようが関係ない。おれがどんな気分で生きるかは、毎日おれ自身が決める問題だ。

なにがあっても上機嫌で生きる。そいつはこういう時代には悪くない心がけだ。

「マコト?」

池袋のキングから電話がかかってきたのは、店をだし終えた十一時すぎ。おれはTシャツ一枚の汗だくで、池袋の空は磨いたばかりの窓みたいに澄んでいる。秋というより真夏の空。

「めずらしいな。デートの誘いか」

そういえば、タカシとはこの何週間か会っていなかった。おれたちは友情というより、さまざまな街のトラブルで結ばれている。

「そういえば、サンシャインシティの水族館がリニューアルしたんだよな。なんでもビル街の空を背景にペンギンが泳ぐらしいぞ。いっしょに……」

タカシの声は液体窒素よりもすこしあたたかいくらい。

「仕事の話をしていいか」

やっぱりそうくるよな。

「はい、わかりましただ。王さま」

おれの絶対王政的な冗談を無視して、やつはいう。

「ここにおまえのクライアントがいる。すぐに話をきいてもらいたいそうだ」

「今すぐ？　おれがデート中なら、どうすんだ」

タカシは冷凍庫からこぼれる冷気のように低く笑った。

「おまえは四六時中退屈している。トラブルに目がない。五分でこい。北口の『伯爵』だ」

あーと声が漏れそうになった。北口の駅まえに建つその喫茶店（断じてカフェでもサードウエーブコーヒー店でもない）は、その筋の人間や風俗嬢の面接なんかで有名だった。もうだいぶまえになるが、銃撃事件があったような気もする。それともあれは北口のほかの店だったかな。

「わかった。もうすぐ昼どきだから、ランチおごれよ」

おれはケチャップで炒めた喫茶店（しつこいようだがカフェじゃなくな）のナポリタンが好きなのだ。


四人がけのたっぷりしたソファ席だった。おれのとなりにはGボーイズで長期政権を築くキング・安藤崇。まえにはアイスコーヒーとナポリタンをはさんで、四十ぐらいの白シャツに黒ジャケットの男が座っていた。前髪が長い。なんかジャーナリストっていう雰囲気。タカシが紹介した。

「こちらが出会いカフェ『チェリーズ』を経営する永尾《ながお》さん」

よろしくといって、男は名刺をさしだした。永尾明人《あきひと》、電話番号にアドレス。裏返すと北口とサンシャイン60通りにあるチェリーズの住所とアドレスが刷ってある。この若さで二店舗を経営か。なかなかの手腕。

さて、もうさして目新しいともいえなくなった出会いカフェが、どんなビジネスモデルなのか。ちょっとおさらいをしておこう。そのあいだ、おれはナポリタンを片づけるからな。

出会いカフェは二〇一一年に施行された改正風営法に基づき、店舗型性風俗特殊営業の届け出をして営業される風俗店だ。あんたもテレビなんかで見たことがあるかもしれない。店のなかはマジックミラーで半分に分けられて、鏡のなかには女たちが待っている。客の男たちは好きな女を見定めて、店外デートに誘うというわけ。

店の収益は男たちが払う一時間三千円ほどの入場料で成り立っている。客の目的はできるだけ安く好みの女を買うこと。女たちの目的は短時間で、できる限り稼ぐこと。昔は大二枚だった相場は、失われた二十年で一・五に落ちているらしい。生活実感とはあっているよな。日銀の金融緩和は出会いカフェにはあまり効果がなかったみたいだ。

よくトラブルになるのは、十八歳未満の未成年の女たちについて。年齢詐称をしていても高校生を買えば罪にはなるし、店は処罰される。だが一部の客には未成年は圧倒的に人気があるのだ。ここが管理売春の温床だというやつもいる。まあ実際にもそういうこと。

だが、女たちにとってほんとうの問題は鏡のむこうから、どんな獣が見ているかわからないことだ。

おれは九十秒でナポリタンを平らげた。店番の合間に食事をすませる癖がついているので、やたら早ぐいなのだ。東京オリンピックで正式種目として採用されないかな。

「トラブルって、なんなんですか」

紙ナプキンで口をぬぐって質問した。タカシはおれのことをストリートの名探偵と紹介ずみのようで、永尾は疑いの目でおれを見ていない。やつはノートパソコンをテーブルに開くといった。

「うちの店にくる女の子たちのあいだで、嫌な噂が流れてね。みんな、怖がってるんだ」

「なにを？」

おれはすぐに質問が間違っているのに気づいた。いい直す。

「いや、誰を？」

返事は意外なところから飛んできた。

「ストラングラー。マコト、やつを覚えてるか」

覚えてるもなにもなかった。おれが捕獲した最初の犯罪者。ヒカルといっしょにカップル喫茶に潜入して、やつを特定したのはこのおれだ。手術用手袋と薬をもち、ストップウォッチで時間を計りながら、女の首を絞めていた男。やつはもう出所しているはずだが、どこでなにをしているのだろうか。

「ああ、おまえが両方の小鼻を切ったやつだよな」

一瞬、永尾の表情が完全に停止して、タカシに目をとめた。怒らせるとなにをするかわからない危険人物認定。その手の恐怖はうまく利用できる。おれはいった。

「で、また首を絞めるのが好きな男があらわれた」

「そうなんだ。噂は夏まえからあったみたいだけど、本格化したのはこの九月からだ。ラブホテルの一室で客に首を絞められたという女性がふたりいる」

「永尾さんのほうで、話はきいてるんだな。その女に会って、おれも話がきけるかな」

出会いカフェのオーナーは、おれのほうにパソコンの画面をむけた。

「このふたりだ」

どこかのSNSから拾ったのだろう。ひとりはお嬢さま風の学生で、台湾風のかき氷の皿をあげて、カメラにむけている。あのミルク味ふわふわでうまいよな。もうひとりは今どきめずらしい暗黒ヴィジュアル系、アイシャドウも爪も黒、口紅は紫。スカルがシルバーで型抜きされた黒のカットソーを着ている。

おれはスマートフォンをとりだして、ディスプレイをカメラに収めた。女学生が榎本《えのもと》清香《きよか》、暗黒系がＨＥＬＡ《ヘラ》。北欧神話の死の女神の名前だった。永尾はいまいましそうにいう。
「首を絞めることで興奮する男が、うちの店に出入りしている。はっきりとわかってい
るのは二件だけだが、ほかにも何件か事件が起きていたのかもしれない。さらに調べな
いとよくわからないんだ。問題は女の子の来店数が九月以降減少していることだ。これ
はもろに売上に響く」
「どうして、警察に届けない？」
おれは最初に確認しておくべきことを質問した。まあこたえはわかっているんだが。
「女の子はふたりとも警察にはいきたくないそうだ。うちの店では関与していないが、
客とのあいだに肉体関係と金銭の授受があるからな。店側でもやはり警察の介入は避け
たいところだ。警察の調べがはいったというだけで、店は何カ月も立ち直れないくらい
の痛手をくらう。女たちは腹が太いからまだいいが、金をもっている男たちは慎重だ」
確かにそういうことだろう。金をもっているスケベな男ほど、繊細で過敏になる。文
化の半分はその手のやつがつくっているといってもいいだろう。人類の残念な真実のひ
とつである。

「もしもの話だけど、ケガ人や犠牲者がでたらどうする？」

これもいちおうの確認。永尾はきっぱりといった。

「その場合は、警察に届ける。人の命には代えられないから。出会いカフェはそこまでのライフワークじゃない」

へえ、なかなかの言葉。こいつの店にいくほうが、管理売春の巣窟《そうくつ》みたいな悪質店にいくより、ずいぶんとましだろう。池袋「チェリーズ」はおすすめだよ。おれは本腰をいれて、仕事を始めることにした。タカシに宣言する。

「この仕事はGボーイズといっしょに受けるってことでいいんだよな」

王は鷹揚《おうよう》にうなずいた。よきにはからえ。

「男たちの身元確認はしてるんだよな」

出会いカフェは会員制だった。永尾は浮かない顔をする。

「そこが問題なんだ。警察からはきちんと身元を確認しろといわれているが、あまり厳しくすると、やはり男たちが寄りつかなくなる。うちではみっつの方法をとっている。ひとつはスマートフォンのＩＤ情報、つぎに運転免許証、そして最後に健康保険証だ」

「あーなるほどね」

今の話だけで抜け穴がどこにあるのかわかったあんたは、池袋でも悠々と生きていけるだろう。正解は三番の健康保険証だ。ネットでいくらでも貸し借りができるし、顔写真もはいっていない。スマートフォンは身分確認をしないと今では簡単に買えないし、日本には運転免許証を偽造できるような腕利きはすくない。タカシもぴんときたようだ。

「保険証なら他人名義のものでも、会員にしてるのか」

永尾は肩をすくめた。

「まあ、そういうことだ。三割くらいの客が、保険証をもってやってくる。運転はしない。スマートフォンはもっていないといってな。どうやら身元確認をされずに、出会い系で遊ぶ方法というのがネットにでまわっているらしい」

風俗系の裏サイトだろう。ネット時代には法をごまかすやり口が瞬時に全国に広まる。おれはいった。

「ストラングラーは店で噂になっていることに気づいているのかな」

「どういう意味だ」とキング。

「自分が噂になっているとわかったら、店に寄りつかなくなるんじゃないか。あるいは張り紙一枚で片がつく」

おれは文面を考えた。ちかごろ女性のお客さまに首を絞めるなど乱暴をおこなう不届きな男性会員がおります。これ以上、悪質な行為が続きますようなら、警察への届け出を考慮中です。会員さまにおかれましては……。割り切りの女たちにはただ怪しい客に注意しろでいいだろう。

「おいおいそんな張り紙をしたら、女たちがひとりもいなくなる。池袋にライバルが二店あるし、新宿、渋谷、六本木にも出会い系はあるんだ。女たちはうちの店になんかロイヤリティをもっちゃいない」

それはそうか。張り紙が一番楽できると思ったんだが。そういうことならしかたない。

「このふたりに会えるようにセッティングしてくれ」

清純派のキヨカと暗黒系のＨＥＬＡ。なんだか素人がみんな自分のキャラクターをつくる時代だよな。

「了解した。そのまえにうちの店を見学していってくれ」

おれの初めての出会いカフェ探検だった。胸が躍る。おれはもう出会い系には飽きたという顔で喫茶店をでた。きっとタカシも同じだと思うが、王さまの考えていることは庶民にはわからない。

ロサ会館の先の十字路の角にチェリーズがはいった雑居ビルがあった。まだ新しい清潔そうな白いタイルの建物で、かなりの敷地だった。一階は携帯ショップで、横に階段とエレベーターホールがある。永尾は階段をのぼりながらいった。

「うちは二階だから、ほとんどの客はエレベーターはつかわない。裏にも出口はあるが、そっちは通用口で、客はほとんどここから出入りしている」

二階にあがるとたくさんのポスターが貼られていた。なぜか海外のハイブランドは男女カップルのイメージをよくつかうよな。超絶的なスタイルの美形モデルには一着百万もするムートンのコート。

透明なガラスの自動ドアを抜けるとカウンターだった。

「あれ、マコトさんとキングじゃないですか」

男にしてはかん高い声が飛ぶ。声の主を見た。ミツルだ。苗字はしらない。Gボーイズの末端メンバーだった。確か埼玉の奥のほうのやつ。ミツルは黒いベストに白いシャツ、髪はマッシュルームで初期ビートルズみたい。目がおおきくて涙袋がふくらんでいるのでポール・マッカートニーに似ている。

「うちの店になんの用なんすか」

オーナーの永尾を無視して話しかけてくる。タカシは無視。おれはいった。

「ミツル、ストラングラーについてなにかきいてるか」

「それはもういろいろと」

永尾はうんざりした顔でいう。

「あとで安藤さんとマコトくんに話をしてやってくれ。客いりはどうだ」

「二十パーくらいですかね。中途半端な時間なんで」

平日の午後一時すぎ。おれにしたら二割も客がはいっているのが不思議だ。ニッポンのサラリーマンはだいじょうぶだろうか。店内には案内板がある。男性は最初の一時間が三千円、延長するには三十分ごとに千円かかる。案内板の周囲に今どきめずらしいチェキで撮影した女たちの生写真がたくさん貼られていた。キヨカとＨＥＬＡのものもある。蛍光ペンで書かれた文字は死の女神にしては意外とかわいらしかった。

「こっちだ」

永尾に導かれて、受付の奥の扉を抜けた。おれの頭に最初に浮かんだのは、人間水族館という単語。ハーフミラーのガラスのむこうは階段状になっていて、ポップな色のクッションがたくさんおいてある。そこで若い女たちが思いおもいに時間をつぶしていた。そなえつけのメイク用具で化粧する女、やはりそなえつけのファッション誌を読む女、サービスの菓子をたべる女、スマートフォンを見ている女×２。鏡の水槽のなかには五人の女がいた。

「マコト、あれ」

タカシがあごの先で示す。透ける素材の黒いシャツのしたにグレイのタンクトップ、黒いシャドウに紫の唇。ＨＥＬＡだ。男のほうのブースは鏡の反対側がカウンターになっていて、スツールが十も並んでいる。男は四人。学生風、なにをしているのかわからない風、会社員風×２。確かにここに二十人もはいれば満室だろう。

奥にはドリンクバーがあり、ソフトドリンクだけだがのみ放題だ。おれはいった。

「どうやって女と意思をつうじるんだ？」

永尾は鏡の端に歩いていく。途中に小窓がふたつ、先には海外の刑務所でつかわれているような電話が一台。

「電話の使用は一回十分五百円。あとはメモを書いて、あの窓にだす。女の誰かが拾ってくれる」

それで売り買いはかんたんに決まるのだろう。ここは市場なのだ。売るのは女で、買うのは男。商品は代わり映えのしないセックス。何千年も昔からあるビジネスの現在進行形である。現在と原罪は同音異義語だよな。おれはタカシにいった。

「ここにＧボーイズを張りこませたほうがいいな」

タカシはうなずく。ハーフミラーの鏡を見ていった。

「男というのは愚かな生きものだな」

せっかくの王の言葉だが、謹んで訂正したい。男ではなく「おれ」と「あんた」だ。

奇怪な人間水族館は、自分の姿さえ相手に見せることなく金だけでセックスを買いたいという身勝手な欲望がつくりあげた装置である。そこにスマートフォンも免許証もないという無記名の「おれ」や「あんた」がやってくる。

ほかの客がいるので、永尾に近づき声をひそめた。

「ストラングラーの名前は?」

会員なら登録上の名前はわかるだろう。女の首を絞めて遊んだ当日も受付はすませているはずだ。出会いカフェのオーナーは困った顔をする。

「あとでマコトくんのスマートフォンに送っておく。保険証といっしょにね」

役所ではないので個人情報もとり放題。やはり裏の仕事はいい。永尾はいった。

「この北口店では西川壮《にしかわそう》、サンシャイン60通りの店では中山英則《なかやまひでのり》ということになっている」

「保険証も別々なのか」

「ああ、そうだ」

そうなると確かなのは、ストラングラーと外出した女たちの記憶と受付の店員の記憶ということになる。HELAとキヨカはもの覚えはいいほうだろうか。ミツルについてはあまり信用できない気が、話をきくまえからしている。

「あの電話つかってもいいかな」

「別にかまわないが。誰と話すんだ」

死の女神の名前を告げて、おれは鏡の一番奥にいった。受話器をとる。水槽のなかでアナウンスがあったようだ。ＨＥＬＡがゆっくりと黒いスカートの裾をなびかせ歩いてきた。商売ものの笑顔で女神は受話器をとった。

「ハーイ、なんだかわたしお腹空いちゃった。イタリアンがたべたいな」

　おれはさっき九十秒で片づけたナポリタンを思いだした。

「すまないけど、おれは客じゃない。この店のオーナーに頼まれて、女の首を絞めてまわっているストラングラーを探してるんだ。すこし話をきかせてもらえないか」

　今回は確かにすこしだけ話をするつもりだった。だが本番ではすこしではすまないだろう。あのときもそうだった。犯人の似顔絵を仕あげるには二、三時間は楽にかかるのだ。

　もうずいぶんと会っていないシュンに連絡をとらなければいけない。前回のストラングラーを追いつめるきっかけになった一枚の似顔絵。そいつを描いたチビがシュン、水《み》野《の》俊司《しゅんじ》だった。やつは今や売れっ子のキャラクターデザイナーだ。

　あんたもテレビのスマホゲームのＣＦでやつが描いた美女やモンスターを、きっと見たことがあると思う。ＨＥＬＡが声のトーンを一気にさげていった。

「金はでるの？」

「少々の協力費くらいなら。でも、あんたも首を絞められたんだろ。変態男に仕返しをしたくはないか」

　ＨＥＬＡが黒いチョーカーをした首を押さえた。カラーコンタクトで灰色になった瞳の奥に怒りの火がつく。

「わかったよ。わたしもあいつに同じことをしてやりたい。協力するよ」

　さて、どうするか。おれはキングとオーナーにいった。

「彼女に話をきいてくる。ここで解散でいいよな」

　やんごとないふたりがうなずいた。おれは受話器をもどすと、鏡沿いに店の出口にむかった。おれにはこの水族館はすこしクールすぎるみたいだ。喚起されるのは性欲ではなく、冷気だけ。この若さでＥＤになりたくはないからな。

　出会いカフェをでて、おれとＨＥＬＡがむかったのは、ロサ会館にある喫茶店だった。またしてもカフェじゃないよ。池袋は東京の繁華街で一番純喫茶が生き残っている街かもしれない。

　年代ものの紫のガラス扉を押し開けて、おれは田舎のスナックのような店にはいった。観葉植物の葉に分厚くほこりがたまっている。赤いビロードのソファ席に座る。

「なんにする？」

　ゴシック風のメイクをしたＨＥＬＡが壁に貼ってある手書きのメニューに目をやった。

アイシャドウが黒いうえに目を細めるので、呪《のろ》っているように見える。

「ハーブティーないかな。わたし、コーヒーがのめないんだよね」

なかなかかわいらしいことをいった。

「Gボーイズのおごりだから、なにかたべてもいいぞ。腹が空いてるんだろ」

店ではイタリアンがいいといっていた。いつもそんなふうに男にご馳走させるのだろうか。

「ラッキー。じゃあ、ナポリタンとジンジャエール。こういう店のナポリタン好きなんだよね」

おれと意見が合致した。ＨＥＬＡは趣味がいいのかもしれない。ジンジャエールはふたつ注文して質問した。

「ＨＥＬＡさんはチェリーズ以外、あの手の店にはいってるのかな」

悪びれる様子もなく彼女はいった。

「うん、きちんとしたとこがあとみっつくらいあるけど、全部チェックしたよ。比べてみて、チェリーズが一番まともだった」

辛口のジンジャエールが届く。久しぶりの味だった。

「なんであそこに決めたんだ？」

どうして身体を売っているかは、事件に関係なかった。おれには圧倒的に出会いカフェの情報が足りないのだ。

「うーん、まず店がきれいっていうのがあるよね。あとファッション誌とお菓子のセレクトもいい。それと店の男がへんにくどいてきたりもしない。この手の店で働く男はうざいのが多いんだよね。客の女に手をだすと罰金があるんだよ、チェリーズ」

「へえ、運営がしっかりしてるんだ」

永尾の手柄かもしれない。ＨＥＬＡはさばさばといった。

「それにさ、やっぱり店にくる男の感じが……」

手をあげる。紫のマニキュアをした人さし指と親指を二ミリほど開いてみせた。

「男の客の質がほーんのすこしだけいいかな」

そういうものなのか。出会いカフェでも店によってつく客が違うのだろう。興味が湧いてきた。

「どんなふうに？」

「えっ、そういわれても困るけど、そうだな……ちょっと若くて、学生とか会社員風の人が多くて、気が弱いのが多いよ。それですこし変態がはいってるというか」

香ばしいキーワードだった。気の弱い変態さん御用達《ごようたし》の店か。

「そういう相手だと、仕事も楽だから。あんまりがつがつしてないしね」

このあっけらかんとした感じはなんだろうか。ＨＥＬＡには身体を売ってバイトをしている引け目がまったく感じられなかった。おれはつい漏らした。

「なんだか、その手の仕事に慣れてるみたいだな。ＨＥＬＡさんって、いくつ」

ナポリタンが届いた。おれが「伯爵」でたべたのと、ほとんど同じような感じ。こっちのほうが玉ねぎの薄切りがすこし多いかな。ＨＥＬＡはパルメザンをパスタが見えなくなるほど振りかけて、おおきな巻きをつくり頬ばった。実にうまそうにたべる。

「それはそうさー、わたしは中学生のころからこの仕事やってるから」

いきなり沖縄言葉になった。

中学生から身体を売っている？

久しぶりのストラングラーだけでも頭が痛いのに、ひどい話になってきた。


「うちのほうの田舎だと、ぜんぜんめずらしい話じゃないよ。那覇《なは》まで車で三十分くらいのとこだったけど。みんな、もう笑っちゃうくらいビンボーなのさー」

にこにこと笑いながら、ナポリタンをたべている。おれは沖縄なんて、夏のパックツアーくらいでしかしらない。

「マコトさんはこんな話きいたら、暗くなるよ。わたしはぜんぜん平気だけど」

きいても事件の解決を前進させるとは思わなかったが、おれは話してくれといった。HELAが話をしたそうだったからだ。ほんとうに役立つ情報を得るには、その人間の内側にはいらなくちゃいけない。誰かが本音で語るライフストーリーには、それだけで価値があるってこと。まあ、おれの場合、コラムニストとしての仕事の役にも立つしな。

つぎの話は、HELAの驚異の貧しさをおれがコンパクトにまとめたものだ。こいつが東南アジアのどこかの島でなく、ニッポン国の沖縄県の事実だとしったら、あんたも驚くはずだ。


HELA（本名は比《ひ》嘉《が》絵《え》里《り》奈《な》）が生まれた海辺の街には、まともな仕事はなかったという。男たちは働かず、ただぶらぶらしている。ときどきギャンブルとけんか。女たちの半分以上は夜の仕事につく。離婚も多く、小学校のクラスの三分の二はシングルマザー世帯だという。

「ホステスはエリートさー」とはHELAの言葉。

夕食がポテトチップひと袋、カップ麺ひとつ、あるいは百円玉三枚なんて暮らしを、HELAのクラスメートの多くは送っていたという。なんとかしてお金をつくらないと、大人になるまで生きていけない。

　中学生の男子はもぐりで肉体労働の現場にいき、女子はお決まりの売春に走ることになる。みんなが貧しいから、それがあたりまえでほかの選択肢なんて目にはいらなかった。ワゴン車に押しこまれ、中学二年生の放課後に自分の生まれた街から、夜の那覇の歓楽街にいく。毎晩毎晩、夏休みも欠かさず。

「あのころは十八歳になるのが待ち切れなかった。なんで十四のつぎが十八じゃないのか、恨んだものさー」

　十八歳になれば、ちゃんとクラブでホステスとして働けるからだ。男と酒の相手をして稼ぐほうが、身体を売るよりずっとましだ。きれいなドレスを着たエリート。

「でもさー、なにかがおかしいとわたしなんかは思った。どうして、同じ日本なのにここだけこんなに貧しいんだろう。まともな職についた大人だって、ぜんぜん稼げない。本土のアルバイトよりビンボーさー」

　明るく陽気な沖縄の底しれぬダークサイドだった。

　ゆっくりとナポリタンをたべ終えたＨＥＬＡがナプキンで唇をぬぐい、握りつぶすように丸めて銀の皿に捨てた。

「うぬぼれじゃなくて、わたしは学校の成績がよかった。だから、ここをなんとか抜けださなきゃと思ったんだ。それにはおおきな街にいって、大学にいくしかない。でも、東京でひとり暮らしをして学校にいくには、ものすごくお金がいる。それで、今も中学のときみたいにさー、チェリーズで仕事をしてるってわけさー」

頭が痛くなってきた。おれはきいてみた。

「大学生なら奨学金とかあるだろ。あれはフルに借りれば十万以上になるはずだ」

HELAがしぶとく笑った。

「マコトさん、それきいちゃう？　わたしもフルで借りてるさー。毎月十二万円」

「だったら、チェリーズで危ない目にあわなくともいいだろ。バイトでもして……」

HELAの目が変わった。黒いシャドウのした、灰色のカラーコンタクトから鋭いビームが放たれる。おれの口を縫いあわせるほどの力がある視線だ。

「それは恵まれた人が考えること。わたしには妹や弟がいる。弟を高校にいかせて、妹がワゴン車にのらなくてもいいようにするには、奨学金以上のお金がどうしても必要なんだ。どうしても」

HELAの灰色の目がほんのわずかピンクがかった気がした。自分のためには泣かない死の女神が、沖縄に残してきた弟と妹のために涙ぐんだのかもしれない。

おれはしばらく黙って、ぬるくなったジンジャエールをのんだ。

ＨＥＬＡはどうあっても身体を売って稼ぐしかなかった。

おれにできるのは、池袋の街にひそんだ変態を見つけだし、すこしでも彼女の仕事を安全にしてやることくらいだ。


桁外《けたはず》れの貧乏の話はもういいだろう。どっちにしても、おれにはなにもできることがない。おれは平気な顔でにこにこしているＨＥＬＡに質問した。

「ストラングラーの顔、覚えてる？」

「うん、忘れないよ。だいたいのお客は忘れちゃうんだけどね。すごくうまい人と気もち悪いやつは覚えてるんだよね」

風俗あるあるというやつか。さて、肝心の事件の細部をきいておかなくちゃいけない。

「やつに会ったのは、いつだった？　そいつはまえからきている常連だったのかな」

ＨＥＬＡが天井をむいて腕を組んだ。

「うーん、ちょっと考えさせて。ジンジャエールお代わりしていい？」

「ああ、好きなだけのんでくれ」

領収書はどうせチェリーズまわしだった。なんならシャンパンをのんでもらってもいい。まあロサ会館の喫茶店にはそんなものはないだろうが。新しいドリンクが届くと彼女はいう。

「あの男と店外にいったのは十月のなかばだった。そのまえにも何度か顔は見かけている気はしたかな。お客としてつかないと、なかなか印象に残らないんだよね」

テーブルのうえのスマートフォンを手にとり、アプリを呼びだす。

「わたし、これでもしっかり家計簿つけてるんだよね。お金の管理はしっかりしてるんだ。ほら、十月十六日の月曜日、雨。お茶代二百五十円、コンビニ弁当三百八十円……」

おれのほうに画面をむけてくる。こまごました支出の最後に、店外ニプラス一万円の入金。

このプラス一はなんだろう。不思議に思いきいてみる。

「いつもその値段なんだ」

「ううん、だいたいはイチゴーで、値切るやつはイチニーとかいってくるよ。男はケチなやつほどエッチも下手くそさー」

「じゃあ、ストラングラーは金払いがいいんだな」

HELAの顔が曇った。南の島の空と同じで、表情がころころと変わるおもしろい女。

「上乗せの五千円はサービス料なんだって。それで二万。ちょっと変わった趣味があるから、それにつきあってくれたらサービス料を払うって、あの変態はいってた」

ふう、この手の仕事のときはほんとによく変態に出会うよな。いっておくが街を歩いている男のほとんどは、おれをはじめノーマルだからな。


男は趣味が拘束だといったそうだ。

身動きできない相手とするのが好きで、子どものころから捕虜とかスパイの拷問シーンなんかで興奮していた。

「危険だとは思わなかったのか」

ＨＥＬＡはあっさりという。

「思ったよ。でも、沖縄時代から危険な目には何度もあってきた。だけどお客はエッチがしたいんで、命まではとらないからね」

おれたちが生きてる世界よりも何倍も過酷なジャングルを生き抜いてきたのだろう。

「十月十六日、チェリーズを何時にでた？　最初にどこにいった」

死の女神がにっと笑った。

「チェリーズをでたのは、午後二時くらい。最初にきたのはここの店だよ」

おれはため息をついて、つい深呼吸してしまった。そうすれば空気中に残っているストラングラーのにおいの分子くらいは吸いこめると思ったのだ。考えてみると、この店はいつも空いているし、ガラス張りではないのでコーヒーチェーンよりも外から目撃される可能性は低かった。

「ここで……その、商談とかしたんだ」

「そう、拘束プレイの話とサービス料をね。話しかたは落ち着いていたし、イケメンじゃないけど悪い感じではなかった。まあ、余計に五千円くれるならいいかなって」

「で、雨のなかラブホにいったんだ。どこのホテル？」

ふたりで傘をさして、とぼとぼと秋雨のなかラブホにむかう気分は、どんなものだろうか。古い日本映画にでもでてきそうな光景だ。おれはスマートフォンに単語だけのメモをとっている。

「西口からでてる大通りをまっすぐにいった先の、ちょっと遠いところだった。なんだか古い病院みたいな造りで、部屋のなかにはいったら赤いおおきな十字架みたいなのが壁に張ってあって、びっくりしたよ」

おれは頭のなかで地図を広げた。グーグルマップなんかよりずっと詳細で、素早いやつだ。

大通りは要町《かなめちょう》通りだ。

「山手通りとの交差点の角にでかい病院があるだろ。その先、それとも手まえ？」

「手まえのほうで、右側に曲がったどっかかな。あの赤いXはなんなの」

男ならわかるだろうという顔で、ＨＥＬＡがきいてくる。なんのための道具かわかっているのがくやしかった。

「ああ、あれは手と足をつないで立ったまま相手を拘束する道具なんだよ。ロープか手錠でもさがってなかったか。そこは普通のラブホじゃなく、ＳＭ系のホテルだな。ＨＥＬＡはつかわれなかったのか」

変態であるほど、趣味の細部に異常にこだわる。エネルギーは質量と光速の二乗の積に比例する。おれにも変態用の特殊相対性理論を証明できないだろうか。

「ああ、それであいつは遠くまで歩いたんだ。靴が濡れて嫌だなあと思ってたけど。わたしにはそういうおおがかりなのはつかわなかった。ほらプラスチックのコードあるよね。『24』でスパイにつかうみたいなやつ」

おれはスマートフォンに結束コードと打ちこんだ。

「そいつでうしろ手に親指をくくられた？」

「そう。下着を脱がさないから変だなあと思ったよ。そんな格好だと脱ぐのは、たいへんでしょう。でも完全に裸だとダメな人もいたから、拘束マニアで下着好きなのかもしれないと、まだ安心していた。だけど、あいつはそんなまともなやつじゃなかったんだ」

おれたちの趣味はだいたいのところいきすぎる。ストラングラーはそれから一線を越えた。ＨＥＬＡは薄いオーガンジーのシャツを着た細い肩を自分で抱いた。震えている。

「あごのしたに両手をあてて、息をはあはあさせていうんだ。『ＨＥＬＡちゃん、かわいいね。ＨＥＬＡちゃんは、ほんとかわいいね』ってさ。それで……手に力をいれてきた」

しばらく黙って震えている。おれはそっときいた。

「絞めたのか」

ＨＥＬＡが首をかしげた。

「ああいうのも首を絞めるっていうのかな。のどをつかむんじゃなくて、あごの骨の裏側に指をあてて、血の流れをとめるんだよ。あっという間に気を失っちゃう」

さぞ恐ろしかったことだろう。壁に赤いＸ字型の拘束用具がつくりつけになったＳＭホテルの一室で、親指をうしろ手に拘束されて頸動脈を圧迫される。

「一回目はすぐに意識がもどったと思うんだけど、二度目はしばらく目が覚めなかった」

「二回もやられたのか」

驚いた。やつの変態は筋金いりだ。

「うん、思いだしても鳥肌立つよ。ほらっ」

透ける素材のシャツから丸い肩をだしてみせた。産毛が砂をまいたように立ちあがっている。

「二度目に目が覚めたときは、怖くて泣いちゃった。お腹はやつの精液でべったり。ちゃんとエッチしてだすならかまわない。でも意識を失くしたわたしを見ながら、やつはひとりでしたんだ。普通のエッチの何十倍も汚された気がした。あいつだけは許せない」

拘束マニアで、窒息マニアで、死体好きというトリプルプレイみたいな変態だ。

「そのあとはどうなった」

HELAはコップの水を半分のんでいう。

「わたしが泣いてるから、びびったみたい。猫なで声でいうんだ。HELAちゃんがかわいいから、ついやりすぎちゃった。ごめん、ごめん。わたしより先に服を着て、財布を抜いていったんだ。迷惑料でもう一万円のせておくからって」

「それでいっしょにラブホをでたんだ」

やつは金に困ってはいないらしい。ラブホテルは犯罪防止のためカップルがいっしょにでるようなシステムになっている。そうなるとストラングラーは女を窒息させ意識を失わせるのが目的で、殺人に快楽を感じるタイプではないようだ。もっとも頸動脈を圧迫すれば、一歩間違うと脳死状態に陥る可能性があった。危険といえば、このうえなく危険。

ＨＥＬＡが不思議そうな顔をした。

「ねえ、やつの話をしなくていいの。年齢とか、髪型とか」

おれはゆとりの笑顔を見せてやった。

「そいつはつぎの回でいいんだ。ただしそのときはちょっと時間がかかるかもしれない」


おれたちはロサ会館をでて、そのまま西口五差路をわたり、要町通りを歩いた。おれがお願いしたのだ。帰りはタクシー代をだすから、ＳＭホテルだけいっしょに確認してくれと。ＨＥＬＡは遠いといったけれど、歩いて十分とはかからなかった。光文社のビルの手まえを右に折れていく。なぜか小さな病院がたくさんある路地だった。教会の近くにその白いコンクリートの建物があった。ホテル・シモン。確かに築三十年はいっていそうなくたびれたビルだ。

ＨＥＬＡは肩を抱いて、灰色にくすんでしまったホテルの建物を見ていた。

「さすがに部屋番号までは覚えてないよな」

「番号は覚えてないけど、わかるよ」

どういうことだろう。すると彼女はフィルムが貼られたガラスの自動ドアをするりと抜けていく。おれもあわててあとを追った。ガラスの掲示板にはずらりと部屋の写真がならんでいる。半数以上が空室だった。ＨＥＬＡが指さした。

「ほら、ここ」

最上階に二部屋しかないＳＭ用のプレイルームだ。休憩料金も他の部屋の五割増し。

「あの男が選んだのは、こっちのほうだったと思う」

７０２号室。その数字をおれは胸に刻んだ。

約束どおりＨＥＬＡに千円をわたして、タクシーにのせた。明日にでもまた呼びだすかもしれないといって。おれは考えごとをしながら、ゆっくりとうちの果物屋に歩いて帰った。いくら街の仕事があるとはいえ、夕方のかきいれどきにまったく働かなくていいなどという贅沢《ぜいたく》は、おれにだってない。

歩きながらスマートフォンで、久しぶりの番号を呼びだした。仕事中でもやつならだいじょうぶなはずだ。

「あっ、マコトさん、久しぶり」

水野俊司は古い友達。ウエストゲートパークで出会った。最初から抜群に絵がうまかったが、今はゲーム会社に就職している。人気のスマホゲームをいくつも手がけていた。

「おーシュン、元気でやってるか」

「もちろんだよ。ここ二カ月くらいはけっこうひましてる」

ゲームの制作はハリウッド大作なみの巨大プロジェクトだった。百人単位のマンパワーと数年の歳月をかける。だから作品と作品の谷間には、長い休暇がはいるというわけ。

シュンはいった。

「で、ぼくになんの用？　今度はどんなトラブルなの」

話が早いやつ。まあ何度か力を借りているから、無理もないか。要町通りに夕日が落ち始めている。夕焼けのまえの熟《う》れた秋の日ざしだ。おれの好きなおだやかなオレンジ色。

「池袋にまたストラングラーがあらわれた」

「えっ、あの麻酔医？」

「いや違うやつ。でも、またシュンに犯人の似顔絵を描いてもらいたい」

スマホのむこうで笑って、やつがいう。

「マコトさんはまだおもしろそうな暮らしをしてるなあ。こっちはがちがちにスケジュールに縛られてるのにさ」

「正社員さまもたいへんだな」

「で、いつがいいの」

「明日の午後か夜か、いつでも」

「わかった、明日の夜七時、絵を描くから晩飯おごって」

「ああ、ホテルメトロポリタン一階のレストランでいいだろ」

シュンがのどかにいった。

「池袋か、なつかしいな。ぼくの青春の街だよ。まだいろんなトラブルが起きてるんだ」

「ああ、あたりまえだ。空は今日も青いか。電話切るぞ」

Gボーイズの王さま・タカシの口癖で通話を切る。なんだかおれもシュンの声をきいて、胸がいっぱいだった。

店番をしながら、おれがきいていたのはシューマンのピアノ曲『クライスレリアーナ』。のちに結婚するクララとの恋がうまくいかなかったころ書きあげた幻想曲集だ。ロマン派の時代はやっぱりいいよな。男はハーフミラー越しに、女を選んだりしない。まあ十九世紀にもきっとストラングラーみたいな男はいたのだろうが。切り裂きジャックとかね。

タカシから電話があったのは、そろそろ店じまいをしようかという夜十時すぎ。おれはスマートフォンをもって、店のまえの歩道にでた。タイルにはまだ昼の熱が残っているが、風は冷たい秋の夜風というよくわからない涼しさだった。キングは単刀直入だ。

「チェリーズの二店舗にはGボーイズのガードをおいた。念のため水槽のなかにもうちのガールズを何人かいれておいた。そっちはどんな様子だ」

おれはガードレールに腰かけて、HELAの話をした。十代なかばからずっと身体を売っていること、それにストラングラーが彼女にしたことを。タカシの声がほんのわずか上昇する。分厚い氷を溶かすほどじゃないけどね。

「HELAは警察に届けでるといっていたか」

「いいや。警察にはかかわりになりたくないそうだ」

それはそうだ。彼女は裏の仕事をして生きている。

「じゃあ、今回は事件化はむずかしいな」

法によって裁くのは困難という意味だ。警察がつかえないと、急に決着をつけるのがむずかしくなる。

「タカシのほうで、お得意のジャングル法で裁いてくれよ。ストラングラーにはきついお灸《きゅう》をすえてやらなきゃな」

「ほかの女はどうだ？」

判明している被害者はＨＥＬＡとキヨカのふたりだった。

「キヨカのほうは望み薄だな。事件以来もう店に近づかないそうだ。女は登録制じゃないんだ」

「なるほど、まともな女なら、そうするだろうな」

タカシの冷静なひと言にかちんときた。

「そうかな、ＨＥＬＡは逃げる場所がある人はいいなっていってたぞ。自分はあの仕事でがんばるしかないからって」

水のなかでドライアイスが溶けるような音が鳴った。タカシが低く笑ったのかもしれない。

「熱くなってるな、マコト」

おれは別に熱くなんかなっていなかった。めずらしくおれのほうからガチャ切りしてやっただけだ。

翌日はサンシャイン60通りにいき、チェリーズのもう一軒の店舗を確認してきた。同じ店だが、雰囲気がまったく違っている。こちらの雑居ビルは古く、客筋は三十代以上のいいオッサンが多かった。鏡のむこうの女たちも二十代後半から三十代といったアダルトなかたがた。サンシャイン60通りを曲がった古いのみ屋街にあるせいかもしれない。オーナーの永尾から話はとおしてあるはずなのに、受付の男が気が利かなくてすこし面倒だったが、その場にいたGボーイズがタカシの名前をだすと、でたらめに協力的になった。池袋の街は王の威光にあまねく照らされている。

「こっちの店にはストラングラーはでていないのか」

きれいにあごひげを手いれした男が首をかしげていった。モデルかこいつ。

「うちの店ではそんな話、誰もしてないですよ。ほんとの話なのかなあ。デマじゃないんですか」

「いいや、ほんとうだ。オーナーだって、こんなに金かけないだろ」

そいつはその場にいるＧボーイズに目をやった。こいつらを一日この店に張りつかせるには、かなりの金が必要だった。

「そういえば、こっちの防犯カメラなんだけど北口店と同じなのか」

まったく残念ではなさそうに出会いカフェの店員がいった。

「事件がなければ、一週間でハードディスクは上書きされちゃうんで、その中山ってやつがきてなきゃ無駄です。昨日、オーナーにいわれて来客簿をチェックしましたけど、やつがこの店に最後にきたのは二週間以上まえでした」

自分が追われているのに気づいてはいないだろう。仕事がいそがしいのかもしれない。どこかで別な獲物を見つけたのかもしれない。運がいいやつ。

「わかった。とにかく中山って客がきたら、すぐにそこのＧボーイズにしらせてくれ」

ぼんやりした二枚目面《づら》でうなずいた。なんか頭の悪いイケメンって、やけにむかつくよな。


ホテルメトロポリタンのロビーは外国人客で混雑していた。半分は欧米人で、半分は中国人だ。おもしろいものだが、顔がほとんど変わらない中国人も韓国人も服の着こなしだけで見分けがつくもんだよな。

おれはレストランに七時ちょうどにいったのだが、シュンはすでにクロッキー帳を広げてにこにこ待っていた。わきにはデッサン用の4Bの鉛筆と消しゴムだ。ガラスの壁越しに通行人がよく見える。HELAはまだこないようだ。おれは今回のストラングラー事件を手短に話した。

「ふーん、まだタカシさんとつるんでるんだ。マコトさんはあまりむこうの世界とかかわりにならないほうがいいと思うけどなあ。Gボーイズはそうとう危ないことに手をだしてるんでしょ。ギャング団の一大勢力じゃない。半グレとかいうのと同じでしょ」

タカシに半グレといったら、どんな顔をするだろうか。まったく気にせず無視するとは思うが。シュンは小柄で、二十代なかばをすぎてもまだ予備校生みたいだ。いつも目をきょろきょろとせわしなく動かす癖は昔から。

「へえ、あの子かわいいね」

おれもガラスのむこうに目をやった。HELAだ。黒いマキシスカートに、上半身にぴったりと沿う白いハイネックのニット。胸の形がいいのは、高性能なブラジャーか天然かわからなかった。おれがガラス越しに手を振ると、気づいて振り返してくる。シュンがうれしそうにいった。

「へえ、あの子なんだ。ぼくはだんぜんやる気がでてきたよ」

「いっておくけど、シュンが描くのはＨＥＬＡじゃなく、ストラングラーのおっさんだからな」

「はいはい、わかってますよ」

そういうとよく切れるナイフでも選ぶように、４Ｂの鉛筆を手にとった。


おれは双方を紹介してやった。絵描きのシュン、女子大生のＨＥＬＡ。細かなことはめんどうなのでパス。するとシュンが右手を動かしながらいう。

「晩ごはんはあとにして、先に仕事をしようよ、マコトさん。すこしお腹が空いてるくらいのほうが、想像力も働くし、手も動くんだ」

ＨＥＬＡを見てきいた。

「こういってるけど、腹減ってないか」

彼女はその日もゴシック風のメイクで目は洞窟のように暗く深い。

「空いてるけど、がまんできるよ。シュンさんがそういうなら、わたしはどっちでもいい」

シュンがにこりと笑って、クロッキー帳から一枚はがした。

「はい、これ、お近づきの印に。黙ってスケッチして、ごめんね」

ＨＥＬＡの目つきが変わった。

「うわー、わたし、こんなに美人じゃないさー。今日はがんばって、あいつの顔思いだすようにするよ」

おれは嫉妬《しっと》の目でシュンをにらんだ。絵描きは絵を、歌うたいは自作の歌を、ピアニストは『クライスレリアーナ』を女にプレゼントできる。おれにはそういう手段がなにもなかった。まあ、いいや。さっさと仕事を始めよう。


「その男はいくつくらい」とおれ。

「若く見える三十代前半って感じかな」とＨＥＬＡ。

質問を投げては返ってくる言葉で、すこしずつ似顔絵を描きすすめていく。

「太ってる？　やせてる？」

「普通よりちょっと太ってる」

まだシュンは人間には見えない線をクロッキー帳に何本か引いてるだけ。やつにいわせると、イメージを固めていくには手を動かし続けないといけないそうだ。シュンがいった。

「動物でいうとなんに似てるの」

むずかしい質問だった。うーんとうなって、HELAは考えこんだ。ゆっくりとななつかぞえるくらいの間をおいていった。

「そうだ。モグラ。かわいいキャラ的なのじゃなくて、リアルなモグラ」

急にシュンの手の動きが速くなった。頬骨が高い上下に潰れたような輪郭《りんかく》ができあがる。シュンのスイッチがはいったようだ。

「おでこは広い？　もしかしてまえに突きだしてる感じかな」

質問しながら、もう額を描いている。HELAがいった。

「おでこは狭かった。でも、突きだしてる感じだったよ」

シュンはひどくたのしそうだ。名人芸でも見ているみたい。すこしも苦しそうなところがない。もうおれは必要ないかもしれない。おれは熱いコーヒーをのんで黙って見ていた。

「鼻ってさ、おおきくて、丸くて、どっしりした感じ？」

「あー、だんだん思いだしてきた。鼻の頭が丸くて、おおきかった」

シュンはそうか、こういう感じかとひとり言をいっては、線を描き足していく。おれはクロッキー帳を見た。目はないが、顔のほとんどのパーツができあがっている。

「唇はけっこう厚いよね」

ＨＥＬＡが感嘆の声をあげる。

「シュンさん、すごい。どうして会ったこともない人の顔がわかるの」

シュンはうれしそうだった。昔からおかしなところがひねくれていて、別なところはひどく単純なのだ。絵がうまいとほめられるのは大好物。

「人間の顔って、いくつかのタイプがあって、それぞれ顔の系統がはっきりあるんだよ。ストラングラーはモグラ顔だし、ＨＥＬＡさんはたぶん九州か沖縄でしょう」

「沖縄さー、シュンさんってすごいね」

おれは横から援護射撃をしてやった。

「こいつはゲームのキャラデザインをしてるんだ。今テレビでＣＭ流れている『グランド・スカイ・レインボー』は全部シュンが描いたんだ。そうだよな、シュン」

シュンの自尊心はそのゲームに登場するロケットみたいに空高く飛んでいく。ＨＥＬＡが感嘆していった。

「えーすごい。わたし、あれに登場するイザイヤ・ハートウッドのコスプレしたことあるよ」

シュンが興奮していった。

「うわーそれ見たいなあ」

おれはオタク二名の会話を放りだし、手をあげてウエイトレスを呼んだ。ここまでくれば晩めしにしてもいいだろう。


シュンはビーフシチュー、ＨＥＬＡはオムライス、おれはポークチャップを選んだ。ホテルの一階にあるとはいえ、ここは池袋だ。すこし高級なファミリーレストランと値段も味も変わらない。

「今日はずいぶん手が速いな」

おれはストラングラーの似顔絵描きとＨＥＬＡへのアタックをかけて、ダブルミーニングでいったのだが、奥手のシュンはなにも感じないようだった。暗黒ヴィジュアル系のメイクをした女子大生をうっとりと見ていう。

「情報提供者が頭がよくて、イメージが整理されてると、似顔絵はそんなにむずかしくないんだよ。今度さ、ＨＥＬＡさんのスケッチさせてもらえないかな。個人的にだと引くようなら、うちの会社にきてもらってもいいけど。キャラクターデザインのいい資料になると思うんだ」

ほんとはどこかの個室でプライベートな写生会でもしたそうな口ぶりだった。ＨＥＬＡはうれしそうにいった。

「わたしはどっちでもいいよー。でも、会社でどんなふうに仕事してるのか、シュンさんのオフィス見てみたいな」

「わかった。絶対きてね」

シュンのゲーム制作会社は渋谷駅まえの真新しいビルの二十三階と二十四階にある。あの窓辺から東京の街を見おろすと、誰でもその気になることだろう。ビジネスでも、恋愛でも、人はいつも目にしている風景に影響されるのだ。

だが、仕事はそこから本格化した。

食後のカフェオレを何杯も注文しながら、最初に走り描きしたスケッチに陰影をつけ、細部を明確にしていく。シュンはここで驚異的な集中力を見せた。ＨＥＬＡは同じ話を何十回もするのに明らかに飽きていたが、シュンは違った。線を加え、影を加え、ときに狂気や自惚れや、一度も会ったことがないストラングラーのなかにあるあこがれまで描いていく。

プロの画家というのは、恐ろしいものだった。

「やっとできた。こんな感じかな」

七時すぎから始まった夕食会兼似顔絵大会は、三時間後にようやく終了した。シュンはくるりとクロッキー帳を回転させ、こちらにむける。闇のなかに沈むモグラ男。首は太く、髪は天然パーマのショートで、鼻筋は太く鼻先は丸い。なにより不気味なのは、おどおどとなにかを怖がっているような目だった。怖がりながら、獲物を探している小型肉食獣のような目。

ＨＥＬＡが自分の身体を両手で抱いて叫んだ。

「すごいよ！　この絵なんなの……」

しばらく言葉が続かず、ＨＥＬＡは震えていた。

「チェリーズにいるときの顔じゃないんだよ。この絵はわたしとホテルのベッドにいたときの顔なんだ。これから首を絞めようってときの……あの直前……わたし意識をなくすまえに……この顔見た……」

それからＨＥＬＡは口元を押さえて、洗面所に小走りに消えた。シュンもおれも無言だった。シュンがしゃがれた声で漏らした。

「マコトさん、こいつ絶対つかまえてくれよ」

おれはモグラの穴のように光を吸いこむストラングラーの目を見ながらこたえた。

「ああ、わかってる」

その後のＨＥＬＡのことは心配いらない。トイレでオムライスを全部吐いてしまったといい、ミックスサンドとジンジャエールを注文したのだ。転んでもただで起きるような、その辺の女子大生とは違うのである。

翌日、おれはタカシとウエストゲートパークで待ちあわせした。劇場通りにとめたボルボのなかで、やつにストラングラーの似顔絵のコピーを大量にわたしてやった。タカシはシュンの絵に低く口笛を吹いた。

「ゲームなんかつくらせておくにはもったいない腕だな。Ｇボーイズの専属にしたいくらいだ。やり口は前回と同じでいいな」

おれはうなずいた。窓の外を見る。ウエストゲートパークでは円形の広場の改装工事が始まっていた。なんでも五重のリングを空に浮かべ、コンサートができるような野外ステージにするらしい。ガキのころから見慣れた噴水もとり壊すそうだ。

ホームタウン育ちのおれにはちょっと残念だが、東京が変わるのはしかたなかった。明治元年から百五十年、この街が変わらない年などなかったのだから。タカシがいった。

「街にいるＧボーイズとガールズすべてにこの絵をもたせる。風俗店やのみ屋にもこいつをおいてもらう。やつがこの街にくる限り、おれたちの網にいつかはかかるだろう。だが、そこで問題だ。マコト、おまえはやつをどうしたい？」

困ってしまう。おれには人は裁けない。とり壊される円形の噴水を見ながら、黙ってしまった。

ボルボの最上級ＳＵＶのなかには、静かにオートエアコンの音が流れていた。後部座席は白い革張りで、乗ったことはないが飛行機のファーストクラスのようだ。しかたなくおれはいった。

「やつのことをＨＥＬＡが警察に訴えたら、どうなる」

タカシはおもしろそうに笑う。ふわふわの台湾かき氷のような冷たさと甘さ。

「軽い傷害罪といったところだな。やつに前科がなければ、塀のむこう側に落ちることはない。執行猶予がつくだろう。社会的な制裁で、会社は首になるかもしれないが」

「だが、ＨＥＬＡは警察にはいかない。放っておけば、やつはこの先も趣味の首絞めを繰り返す。いつかおたのしみがすぎて、どこかの女子大生の首を強く絞めすぎることがあるかもしれない」

　タカシは十一月の初氷のように薄く笑った。

「そういうことだ」

「じゃあ、やつの本名と住所、勤め先をすべてつきとめたうえで、骨の髄《ずい》までびびらせてやらなきゃいけない。つぎにストラングラーになれば、身の破滅だと。そんな手がほんとにあるのかな」

　おれの想像力では、その先は微妙だった。タカシはホワイトクリスマスを待つ子どものように愉快そうにいった。

「裁くのはおれの仕事だ。おまえはどんな犯人でも、そいつの側に立つ癖がある。正義の人権派弁護人だな。おまえがそういうなら、あとはおれにまかせておけ。ただしその場に立ち会い、目はそらすなよ」

　おれとタカシは人生の半分をいっしょに生きてきた。それも同じ池袋の街で。それなのにこれほど体温と残酷さに差がでるのはなぜなのだろう。遺伝子の発現型と社会的ポジションの相違だろうか。

「わかった。いつでも駆けつける」

　おれはそういって、八桁の値段がする北欧製のＳＵＶからおりた。

それからの十日間、おれがやったのはいろいろなピアニストの『クライスレリアーナ』をきき、店でミカンやリンゴを売ることだった。シュンとＨＥＬＡとは一度会って、お茶をした。Ｇボーイズのストラングラー包囲網は、北朝鮮のミサイルを警戒する日本海上のイージス艦のように、おれが音楽をきいているあいだも、眠っているあいだも働き続けた。


秋の終わりが冬の始まりにうっすらと重なっていく、十二月の第二週の水曜日。

タカシからの電話があったのは、午後三時二十三分だった。


おれが電話にでるとすでにとりつぎでなくキングだった。

「やつが網にかかった。今クルマをまわす。おまえのところの店にいかせようか」

おれはおふくろを見た。ロングのダウンコートを着て、常連客に富有柿《ふゆうがき》を売っている。柿のオレンジが午後の日を浴びてまぶしかった。

「いや、うちはやめておこう。これから店をでるから、ウエストゲートパークで」

おれは努めて普通な声をだした。

「ちょっとタカシに街の仕事のことで呼ばれている。今夜は遅くなるかもしれない」

おふくろはおれの心のうちなど想像したこともないだろう。

「ったく、いつまでお遊びしてるんだい。男だったらきちんと仕事で結果だして、赤ん坊のひとりもつくってみなよ」

いつもの愛情がこもった悪口だった。まあ、すこしはおれでも傷つくんだが、そんな言葉でもうれしかった。

おれがこれから出席しなくちゃいけないのは、モグラ男の公開裁判と刑の執行だったから。池袋の氷のキングがくだす刑罰が、心やさしいもののはずがなかった。


ボルボの後部座席にはタカシとおれ。まえのシートにはシアトル・シーホークスのキャップをかぶった巨体の運転手。バスケットでなくアメフトのファンは、Ｇボーイズにはめずらしかった。前席のもうひとりはおれの見ない顔。こちらは小柄で、スキンヘッドに近い坊主頭。灰色のパーカーを着ている。おれの警戒警報は運転手ではなく、そのチビに鳴り続けていた。

「どこにいくんだ？」

タカシは一年まえに冷凍庫にいれて忘れてしまった肉のようにぶっきらぼうにいう。

「荒川区」

「荒川区のどこだ」

運転手が案外かわいらしい声でいう。

「河川敷にうちの息がかかった解体場があるんです。そこでモグラが待ってます」

「わかった」

それしかいうことはなかった。窓の外を見た。冬の曇り空が池袋の街のうえに暗幕のように広がっている。刑場につくまで、クルマのなかは沈黙が続いた。


葦《あし》を切り開いてつくられた解体場には、金網のゲートがあった。社名も住所も電話番号もないゲートだ。純白のＳＵＶはそこを抜けて、水たまりが油で虹色に光る解体ヤードにはいった。錆《さ》びてひしゃげた自動車のボディが恐竜の骨のように積んである。

「いくぞ」

タカシはおれにではなく、前席のスキンヘッドにいったようだ。おれたちは無言で、扉のない倉庫に歩いた。数人のGボーイズがいたがタカシの顔を見たとたん直立不動になった。

チェリーズ池袋北口店のミツルも制服のままいる。

「ご苦労」

タカシが倉庫のなかにはいると、副官のひとりが報告した。

「今日の午後二時すぎ、ストラングラーがチェリーズにきました。最初に通報をくれたのは、そこのミツルです」

タカシは王の平静さでいう。

「お手柄だったな」

ミツルは感激か恐怖で震えあがって、素っとん狂な声を漏らした。

「とんでもないです。お役に立てて光栄です」

副官が続けた。

「クルマを手配し、店からでたところを拉致《らち》しました。こいつの名は……」

おれはパイプ椅子に座る男を見た。顔には黒い布の袋。スーツの襟元《えりもと》はシャツとネクタイがぐちゃぐちゃにゆるんでいる。両手はうしろでくくられていた。足もパイプ椅子の脚にガムテープで巻かれている。親指を縛るのはやつが得意の結束コードだ。

十二月なのに汗だくなのは、間違いなく恐怖のためだった。

「……和田《わだ》澄秋《すみあき》三十四歳、職業は大手不動産会社営業、住所は練馬区大泉町二の……」

報告は続いた。おれは油が黒くしみたコンクリートにだされた折りたたみテーブルのうえを見た。モグラ男のデイパックの中身がならべてある。スマートフォン、財布、青いビジネス手帳、ＩＣレコーダー、ミラーレス一眼カメラ、小型三脚、ＧｏＰｒｏ、結束コード、薄手の手術用ゴム手袋。わかりやすいストラングラーの小道具一式。めったにない夢のイベントをきっちり記録したかったのだろう。

キングがきて空気が変わったのがわかったらしい。椅子に座り、顔を黒い布で包まれたまま叫び始めた。

「どうもすみません。子どものころから映画やテレビで首を絞めるシーンが好きでたまらなかったんです。チェリーズの子には悪いことをしました。でも、傷つける気もないし、殺すつもりなんてぜんぜんないんです。普通の売春よりもたっぷりお金はあげてます。お願いだからもう解放してください」

副官が何サイズかおおきなバスケットシューズで倉庫のコンクリートをばんと踏みつ

けた。

「うるせー報告中だ。黙ってろ」

「あー、ごめんなさい、ごめんなさい。あの店から見かじめ料をもらってる組織のかたたちですよね。お金は払いますので……」

副官はさっとパイプ椅子に近づき、モグラ男の身体ではなく椅子のフレームを蹴った。

「黙れっていってんだ」

「はい、すみません」

ひどく臆病な男だった。だが、こいつが自分よりも弱い身動きのできない者になにをしたか。HELAの鳥肌の立った肩を思いだす。

「この男は三十歳をすぎたあたりで、婚約破棄をされて結婚に失敗しました。それから三カ月に一度ほど、ストラングラーとして活動しています」

副官はビジネス手帳をぱらぱらと開いた。モグラ男はいう。

「すみません、あの、日記はプライベートなものなので見ないでもらえますか」

「ここに記録してあるだけでも被害者は十二人はいます。池袋では今年ふたりの首を絞めているみたいです」

タカシが凍った湖から湧きだす冷気のような声でいう。

「おまえは女たちの首をこれからも絞め続けるのか」

男はキングの声で震えあがる。恐怖の周波数でも感じたのだろう。

「いえ、もうやり……」

「だが、子どものころから好きだったんだろう。そういう性癖は一生変わらないものだ」

「後生ですから、お願いします。もう絶対にやらないですから」

タカシはモグラ男のスマートフォンをとりあげた。

「そうはいっても、おれたちはおまえの住所も氏名もスマートフォンの番号もしっている。いざとなればおまえが勤める会社へ押しかけることもできる」

黒い布をかぶったモグラが必死でぶんぶんと首を縦に振った。

「そうです、そうです、わたしはもう逃げることはできません。悪いこともできません。だから、お願いだ。生きてここから帰してください」

こいつはヤクザ映画を見すぎだった。風俗店から違法にもらう見かじめ料くらいのはした金で、危険な客をいちいち殺していたら、すぐに暴力団など潰れてしまう。

キングは震える男にまったく同情を払わなかった。

「そういうことだろうな。だが、おまえが池袋で罪を犯したのは確かだ。被害者もいる。このまま放免というわけにはいかない。そこでおまえの罰だが」

タカシが右手をあげて、ボルボの前席にいた小柄なスキンヘッドを呼んだ。

「おれは古代バビロン人は優れていたと思う。ハンムラビ法典の復讐法だ」

モグラ男はなにをいわれているのかわからないようだった。目には目を、歯には歯を。窒息には窒息を。おれはそのとき気づいた。スキンヘッドの耳はカリフラワーのように潰れて、形の悪い餃子のようになっている。格闘技、おそらくは柔道のかなりの経験者だ。

「そこで、おまえにも被害者と同じ経験をしてもらうことにした。怖くはないだろう。死ぬことはない。ただ趣味で首を絞めるだけだ。おまえが十二人の女にしたことを、自分でも体験するいい機会だ」

タカシは平然とおれを見た。それから氷のかけらでも投げるように命じた。

「やれ!」

灰色パーカーのスキンヘッドがすり足で、モグラ男の背後にまわった。おれたちは副官にうながされ、全員やつのパイプ椅子の背後に移動した。坊主頭が黒い袋をやつの顔からはずした。ほぼ同時にモグラ男の太い首に腕が巻きつく。胴着の代わりにスーツの襟を片手でつかんで、両腕はきれいなクラッチを組んだ。

「ちょっと、待って……待って……ください」

坊主頭はそのままぐっとモグラ男の頭を胸にあて、まえに押しこんだ。誰も時間は計っていなかったが、十五秒ほどでモグラ男の身体が完全に脱力した。後ろ手に拘束した腕がだらりと垂れると、異様な長さに見えた。タカシは冷たく命じた。

「起こしてやれ」

十二月の水道水を満たしたバケツを、モグラ男の全身にかける。溺れるように意識をとりもどすと、やつは叫んだ。

「すみません、こんな怖いこと……二度と……」

再びスキンヘッドの腕が巻きついた。モグラ男の意識が飛ぶまで、前回よりもさらに早かった。意識がもどるまでの時間も長くなる。再び氷水のようなバケツを一杯。モグラ男の口調は寝ぼけているようにとろくなる。

「ほんろに……すみません……お願いらから……」

スキンヘッドの腕が三度やつの首に巻きついた。モグラ男は意識を失うと同時に盛大に失禁した。小便と恐怖の汗のにおいが河川敷の倉庫に広がる。一度かいだら、死ぬまで忘れられないにおいだった。そいつは誰かがただの修飾語でなく、死ぬほどの恐怖を味わった証《あかし》だったのだから。

おれはやつの小便を見届けてから、ひとりで解体場を離れた。

そのあと何度やつへの刑罰が実施されたのか、幸運なことにしらない。

やつは今もどこかで生き、働いているのだろうが、おれはやつが昔と同じモグラのままではないことを確信している。

池袋に二店舗あるチェリーズは、その後もビジネスは盛況だ。来年中には出会い系の本場・渋谷に三店目をだす予定だという。オーナーの永尾には一度、お礼に銀座の高級クラブに連れていかれた。女たちはきれいだったが、あれで座っただけで五万円はないよな。

ＨＥＬＡもあい変わらず、チェリーズで金払いのいい楽な客を探している。奨学金はすべて弟と妹の生活費にまわし、今も自分の生活費は中学生のころのように自分の身体を売って稼いでいるのだ。

金に困った女たちと裕福な男たちの関係は、世界から貧しさと格差が完全に消えるまで変わらないだろう。ということは、永遠に続くということだ。おれたちはそういう世界に生きていて、気づかぬうちに無数のＨＥＬＡやモグラ男と、池袋の駅構内ですれ違っているのだ。

シュンと待ちあわせをしたのは、ひと月遅れの小春日和の午後だった。十二月の今ごろのあったかな晴れの日にも、なにかいい名前がつくといいんだがな。ウエストゲートパークの改装工事は、休むことなく続いている。人も街も公園も変わっていくのだ。おれたちはパイプベンチに座って、人を待っていた。シュンがぽつりといった。

「あのストラングラーは見つかったんだよね」

「まあな」

シュンがつまらなそうにいう。

「でもその先どうなったのかは、ぼくはしらないほうがいいんだよね」

おれは日ざしで熱をもったステンレスのベンチに手をおいていった。あの解体場の油とモグラ男の小便のにおいを思いだす。

「そうだな。おれもできたら忘れたいくらいだよ」

「殺して埋めちゃったの、あるいは東京湾に沈めたとか」

シュンもモグラ男と同じだった。暴力映画を見すぎなのだ。最近の映画は人を殺しすぎるよな。このまえなんかキアヌ・リーヴスが二時間で二百人ばかり殺していた。

「そんなはずないだろ。モグラは土に潜っただけだ。死んじゃいないさ」

シュンは安心したようにいった。

「よかった。ぼくが描いた似顔絵で人が死んだら、気分がわるいもんね。あっ、HELAがきた」

手を振っている。西口公園の東武口からはまだ百メートルはあった。シュンは悩んでいるらしい。HELAはすごく美形でタイプだけど、身体を売る仕事をしている。きちんとつきあってもいいのだろうか。おれはいきなりいった。

「なあ、あの子とつきあっちゃえよ。先のことは誰にもわからないんだ。今の相手をそのまま受けいれてやればいいんじゃないか」

手を振りながらシュンはためらうようにいう。

「そうかな」

「ああ、女に縁のないおれのいうことなんてあてにはならないが、あの子はいい子だし、なかなかすごい人間《やつ》じゃないか」

シュンはぱっとおれのほうをむくと、歯をむきだして笑った。

「そうだね、今年も終わっちゃうし、最後になにか始めてみるのもいいかもね」

黒いコートに黒のロングブーツをはいた死の女神が、冬の陽光のなかおれたちのところにやってきた。不機嫌そうに紫の唇でいう。

「男同士でなににやにや話してるのさー。なんかわたしのこと笑ったでしょう」

おれは東武デパートの鏡の階段のようなビルを眺めながらいった。

「冗談だろ。山手線上半分で一番いい女がくるって、ふたりで話してたんだ。さあ、なんかすげえ甘いもんでもくいにいこうぜ」

ねえほんとにそんなこといってたの。HELAはシュンに何度もきいたが、シュンは笑ってこたえなかった。おれたち三人は改装中のウエストゲートパークをでて、北口にできたインスタ映えするパンケーキ屋をめざし、冬の光のなかを歩き始めた。

HELAはまだしつこくシュンを問いつめている。女性のあんたにいっておくが、男たちの会話を正確にしったところで、いいことなんてひとつもないからな。か弱い男たちには、いつでも逃げ場をほんのすこしだけ用意してやってくれ。そしたら小便を漏らすくらい、男たちから感謝されると思うよ。

幽霊ペントハウス

あんたは幽霊が立てる音をきいたことがあるだろうか。

なぜか真夜中に目覚め、ベッドのなか胸騒ぎに襲われる。かすかな音が天井裏からきこえてくるのだ。乾いた骨と骨を打ちあわせるような澄んだ響き。冬の夜に遠くから届くメトロノームのような規則正しいリズム。嵐の海で遭難した船のりがトントンツーツーと打つモールス信号にも似たか細い音だ。幽霊からの救難信号である。なにせ上位数パーセントの超富裕層が世界の富の半分以上を寡占《かせん》する世のなかだ。幽霊だって飢えるし、命の危機をしらせようと必死である。

その幽霊が出没するマンションは、雑司《ぞうし》が谷《や》の墓地を見おろす丘のうえに建っている。階数は十七階と超高層とはいえないが、屋上に緑を豊かに繁《しげ》らせた超高額物件であるのは間違いない。周囲は鎮守《ちんじゅ》の森で守護されている。どこかジブリの風の谷を思わせる副都心のオアシスだ。環境は抜群。なにせ池袋近辺には全戸が億ションなんてマンションは、その一棟だけなのだ。

おれはすべてがネットにつながるＩｏＴの時代にも、闇はいくらでもあると思っている。都会にも、地方にも、高級億ションにも。それどころか、いつもいっしょに遊んでいる友人やともに暮らす家族のなかにも、闇はあるのだ。

もちろんおれだって、すべての闇を光で照らしだせばいいとは思っていない。おれたちひとりひとりの心にもすこしずつだが、闇はなくてはならないものだ。だが、放ってはおけない深い闇があることもまた事実。

この冬のどん底の寒さのなかで、おれがきいていたのは、幽霊のたてる悲鳴のような救難信号だった。あんただってテレビニュースで一度くらいは目にしたことがあるかもしれない。ありふれた事件だから、週刊誌に延々と書きたてられることもなかった。横綱の暴力事件みたいにはな。

でも、おれには飢えた幽霊のネタは、忘れられない冬のエピソードになった。

さて、おれの話を始めよう。

依頼がきたのは同世代の数すくない成功者で、幽霊ペントハウスのひとつしたにある南西むきの億ションを手にいれた幸福な男から。きれいでスタイルがよくて高学歴な妻と、ミルクティー色のトイプードルと暮らす嫌味な男だ。

おれには億ションもプードルも一生無関係だろうが、きれいで頭のいい妻にはあこがれるよな。おれのまわりには高額物件的な女なんてめったにいないからな。

身体にぴたりと吸いつくオーダーメイドの一張羅《いっちょうら》のジャケットを着て、おれが歩いているのは目白にある椿山荘《ちんざんそう》のロビーだ。池袋近辺にある数すくない高級ホテル。重厚感のある深緑の大理石を歩いて、奥にあるカフェにすすんでいく。小型の打ち上げ花火ほどある生け花が豪勢だ。こういうところって、なぜか姿勢がよくなるよな。背筋がびしっと伸びて、ランウェイを歩くモデルみたいになる。そうそう海外の男性モデルはスタイルも顔も抜群だが、みんな池袋のガキみたいな頭も育ちも悪いやつがほとんどだからな。観賞用の男というのも世界にはたくさんいるのだ。

この冬の池袋は好景気だった。深夜でも人どおりが絶えないし、タクシーがつかまりにくい。うちの店の売上もわずかだが着実にアップしていた。もちろんおれの給料があがることはないんだけどね。母子ふたりでなんとか暮らしていくのに、ぎりぎりの売上がほんのすこしあがったというだけだ。

ガラスの扉を開けると、ウエイトレスが会釈してきた。いくつになってもていねいな対応には慣れないおれ。

「待ちあわせなんだ。なかを見せてもらうよ」

右手にはガラス窓がならび、池と三重の塔が建つ日本庭園を見おろせる。真冬の今でも半分は常緑の緑が残って淋しさはなかった。一番奥の窓際で仙崎俊《せんざきすぐる》が手をあげた。この冬流行りの大柄のグレンチェックのジャケットに、ストライプのシャツにアスコットタイ。おれは同じ年でアスコットタイをしているやつを初めて見た。あれはテレビの司会者が休日にするものだろう。

「待たせたな」

おれはテーブルのむかいに腰をおろした。スグルは中学の同級生。成績優秀で一年の半分は学級委員というタイプ。メガネをかけていて、やけに肌が白い。背はおれに負けないくらい高い。

「へえ、マコトでもジャケットなんか着るんだな」

メニューを開きながら返事をした。

「店番バカにすんな。おれだって、スーツくらいもってる」

コーヒーが一杯千円って、どういうインフレなんだ。だが、こういう場合は依頼人のおごりが相場だ。おれは千二百円のカフェオレと千七百円のパンケーキを注文してやった。

「そういえば結婚したんだよな」

二十代のうちに結婚できるのは、大企業に勤める正社員か、資格もちの士族さまと決まっている。あとは勢いだけで突っ走るヤンキーの「おれたちに明日はない」結婚。スグルの家は目白通り沿いにある商業ビルを一棟所有している。一階はマダムむけの高級セレクトショップで、二階がスグルの親父さんとスグルが開業している仙崎デンティストだった。おれなんかは普通に仙崎歯科医院でいいと思うけど。

同世代のリッチマンは余裕の笑みを浮かべる。

「ああ、おかげさまで」

「どこに住んでるんだ？」

ペイズリー柄のアスコットを指先で直すと、うれしそうにスグルがいった。

「三木元レジデンス……」

今年の春に竣工したばかりの億ションだった。つきあいで相手をしてやる。

「すごいじゃないか」

「……の最上階」

おれのほめ言葉は一拍早かった。スグルの自慢したいのは、どうやら最上階のようだ。おれは地面に近いところで生きているので、どうにもマンション住民の高層階コンプレックスは理解しがたいところがある。最上階を無視していった。

「おれに頼みがあるってなんだよ。スグルなら、もっと相談する相手がいるだろ」

金とコネがあるんだから、とはいわなかった。

「いや、ぼくのほうでも困ってるんだ。どこに話をもちこめばいいのか迷うような話なんだよ。マコトは幽霊って信じるか」

幽霊でも仮想通貨でも北のミサイルでもいいが、おれは見たことがないものは信じないタイプ。

「いいや、なにかいるのかもしれないが、おれには見えないし会ったこともないし、関係ないって感じかな」

スグルがテーブルに上半身をのりだし声をひそめた。

「うちは最上階なんだが、ベッドルームで寝てると、真夜中に音がするんだ。コツコツと力なくものを叩くような音だ」

季節外れのオカルト話だった。おれは興味をひかれたが半信半疑。

「音はどっからきこえるんだ？」

メガネのしたでスグルの眉がひそめられた。

「天井のほうから」

ようやくこの怪談の流れが読めてきた。

「だけど、おまえのとこ最上階なんだよな」

うなずいて、若き歯科医師がいう。

「そうだよ。でも、屋上は流行りの緑化が施されていて、半分は地主が住むペントハウスになっている。よくニューヨークを舞台にした映画にあるよね。空からスーパーマンがおりてくる屋上の豪勢なテラスが。あんな感じだよ」

「へえ、そうなんだ」

感心はしたが、うまくイメージできなかった。豊島区にスーパーマンは舞いおりないだろ、普通。

「おかしな音だし、不気味で気になるから、マンションの販売会社に問いあわせしてみたけど、のらりくらりでなんにもいわないんだよ。マコトもあそこは雑司が谷の三木元神社の境内に建ってることはしってるだろ」

高層億ション建設では、だいぶおおきな金が動いて、あれこれとその筋の人間も闇で動いていたと、Gボーイズの不動産部門のやつにきいた覚えがあった。Gボーイズもこのご時世なので、不動産や外貨預金や仮想通貨には投資をしているのだ。間抜けはストリートで生き残れない。

「まあな。きいたことはある」

「広大な境内の半分を、七百年は続いているという三木元神社がさしだして、代わりに最上階のペントハウスと丸々三フラット分の権利を得たらしい。何億になるのか計算もできないよ」

　金の話になると急に生きいきとしてくる。さすが富裕層だ。おれがガキのころは池袋に一億円を超えるマンションなんて考えられなかった。それが今じゃ、中学の同級生がそこに住んでいる。時間の流れと不動産の価格って恐ろしいよな。

「三木元神社の由緒というのが、また怪しいんだ。昔、池袋から雑司が谷にかけておおきな池があって、太古の昔からそこに住んでいる龍が祀《まつ》られてるんだよ。名前もない強力な土地神というのかな」

　龍神か。おれにはまるでチンプンカンプンの世界。

「医者は理系なんだろ。スグルはそういうの信じてるのか」

　やつもすこしひるんだようだ。頭のうしろで両手を組んで、ため息をついた。

「ぼくのほうとしては、怪力乱神を語らずだよ」

　教養のあるやつと話してると、たのしいよな。おれは孔子とは友達だったたって顔でうなずいておいた。

「でも、うちの奥さんがけっこうスピリチュアルの世界に凝《こ》っていてね。古くからここに住む土地神の機嫌をそこねたんじゃないかって」

「そういうことか。結婚もたいへんだな」

　女ってみんな占いとか、神さまとか、運命って好きだよな。同じように自分が巻きこまれ暮らしの形を変えられてしまうかもしれないのに、国際政治や為替や長期金利なんかにはまるで無関心。

「ぼくのほうとしても、困ってはいるんだよね。オカルトチックなことがいろいろと発生して、悪い噂が三木元レジデンスに立つと、マンションの評価額がガタ落ちしてしまう。住宅ローンは組んでないけど……」

おれはその日初めてたまげた。龍神でも驚かなかったのに。

「おまえ現金で億ション買ったのか！」

スグルはおれの様子がおもしろかったようだ。笑っていう。

「銀行には借りてないけど、親には借りてるよ。毎月給料から天引きされてる。評価額が落ちれば、いつか売却するときに数千万円の損失がでるかもしれないんだ」

おれは西一番街の貧乏人らしい感想を漏らした。

「売らなきゃいいじゃん」

「もちろん、売らなきゃ損失は確定しない。だけど、この先何年も今自分は何千万円もの損失を抱えているんだと思いながら、暮らさなきゃならない。そいつはしんどいだろ」

うーん想像外だ。おれのイマジネーションの限界の借金は二百万というところ。大人っぽく同意しておく。

「確かにそいつはしんどいよな」

　スグルはおれの目をのぞきこむようにしていう。

「こんなオカルト話は誰にも相談できなかったんだ。よろしく頼む、マコト。このまえある新年パーティで、タカシって人に会ってさ。それでおまえのことをきいたんだ。どんな難事件もなぜか運よく解決する神がかり的な大活躍を池袋でしてるといってたよ。おまえにそんな力があるなんてしらなかった。タカシはなにをしているのかしらないけど、グッチのスーツ着てたなあ」

　スグルはジャケットの内ポケットから、銀行の封筒をとりだした。テーブルをすべらせる。

「とりあえず着手金だ。今度、うちにきてあの音きいてくれ。あとうちの妻の話もね」

　おれは封筒を受けとり、なかを確かめた。カミソリみたいな新札で十万円。おれはいつもなら金は受けとらないが、美人妻のいる億ションの住人からなら、よろこんでふんだくる。すこしでもこの世界から格差をなくしたいからな。


　目白の高級ホテルから店に帰る途中で、おれはタカシに電話をかけた。最近とりつぎのあつかいも悪くなって、ひと言の返事もなしにキングにわたされてしまう。教育不足のコールセンターみたいだ。

「なんだ？」

三文字で会話が成り立つ王さま。声は低く明治通りの陸橋のしたを吹く北風みたい。おれは高級なジャケットのうえに着るコートをもっていないので、上着一枚なのだ。

「おまえのとりつぎをなんとかしとけよ。Gボーイズの功労者に挨拶もしないのはよくないぞ」

ふっとタカシが液体窒素でも漏らすように笑った。

「誰が功労者だ。さっさと用件を話せ」

数々のトラブルを考えた。おれがタカシとGボーイズを救ったことも何度かあったはずだ。まあ、その倍くらい救われているのだが。

「今、スグルと会ってきた。目白の椿山荘で」

「スグル？　誰だ、そいつ」

しっかり忘れていた。タカシにはさして重要な問題ではないようだ。

「おれの中学のクラスメート。目白で歯医者をやってる仙崎だ」

タカシは愉快そうに笑っていった。

「ああ、あいつか。そういえば、おまえのことを推薦しておいた。おれはオカルト関係の仕事は受けないからな」

　ひどい話。もうけがすくない怪しい話は、すべていりの業者まかせということか。

「いつかおまえに悪霊がとりついても、おれは絶対に面倒みてやらないからな」

　タカシはまったくの無反応で、〇・二秒ほどで通話を切った。

　キングなど池袋の龍神に呪われるがいい。


　西一番街に帰ると、デニムのエプロンをつけて店番にもどった。こっちのほうがおれの本業。二階からもってきたＣＤはベートーヴェン。ピアノトリオ第五番には『幽霊』というタイトルがついている。

　まあきいてみるとさして、おどろおどろしくもないいつものベートーヴェンなんだが第二楽章のラルゴがちょっと不気味な感じといったところ。教養のないおふくろはいう。

「また暗い曲ばかりかけて。おまえはどうして普通の若いのみたいにできないのかね。女の子もできないし」

　さすがに最後のひと言は余計。

「いつか結婚したら、さっさとこのうちでてってやるよ」

おふくろは余裕の笑顔だった。

「そんなことになったら、あたしも晴れてたのしい独身生活にもどれるのにねえ。早く結婚でも同棲でもして、このうちでていっておくれよ」

休みの日は家にいない不良母なのだ。確かにおれがいなくとも、淋しくなるような夕マではなかった。ちょっと仕事の話を振ってみる。

「そういえば、中学の友達に仕事を頼まれたんだ」

「へえ、誰だい」

「歯医者になったスグル」

おふくろははたきをかける手をとめていった。

「ああ、あの子は優秀だったね。お父さんの跡をついで、がんばってるんだろ。噂はきいたよ。ずいぶんな美人さんと結婚したらしいじゃないか」

おふくろとの会話は危険なほうへ流れる癖がある。また結婚についてくどくど説教されるのが嫌で話題を変えた。

「スグルは今、三木元レジデンスに住んでるんだ」

「ああ、あの億ションかい。豪気なもんだねえ」

おふくろもおれも庶民の反応はみな同じだ。

「それでさ、ちょっと気になることがあるらしい。あのマンションの地主についてなにかしらないか」

おふくろは池袋が長いから、昔からのこのあたりの事情にはそれなりに詳しかった。現代のトラブルならGボーイズの情報屋が早いが、昔の話に若いやつは役に立たない。

「三木元レジデンスねえ。あの神社はほんとうは同じミキモトでも昔は、みっつの鬼と書いて三鬼元神社といっていたんだ」

三匹の鬼の元か。おもしろい。背後にはベートーヴェンの『幽霊』のラルゴ。おれには霊能力などかけらもなかったが、こういう話は嫌いじゃない。

「なんだか昔このあたりにあったでかい池だか沼に住んでた龍神が祀られているんだよな」

おふくろはむずかしい顔になった。

「マコトはまだ若いから、そんなの迷信だと考えるんだろうけど、案外土地神さまというのは強い力をもってるものなんだよ。日本に仏教がくるまえから、土地にはなにか不思議な力をもつものがいて、神さまの名前を適当につけられた。あたしはそういう力は五百年や千年では変わらないって思うんだけどね」

おふくろから初めてきく話だった。初詣にはおれもいくけれど、土着の神について考えたことはない。

「誰か三木元神社にくわしいしりあいはいないかな」

そのときおふくろの表情は変わった。おもしろいいたずらを思いついた魔女のようにほくそ笑んだ。

「いるよ、ひとり。腕のいい拝み屋だよ。池袋演芸場の落語仲間だけどね。その人を紹介してやろう。話をききにいってみな」

どうも怪しい。おれは急に気がすすまなくなったけれど、力のある拝み屋だというばあさんの連絡先をスマートフォンにメモした。


土曜日の夕方、おれは西武デパートの地下で買ったワインを一本ぶらさげて、雑司が谷に歩いた。池袋駅からだいたい十五分くらい。雑司が谷は宗教と縁が深く、由緒のある神社や仏閣がたくさんある。夏目漱石の墓がある雑司ヶ谷霊園も有名だよな。


外国映画にでてくるような車寄せをのぼって、三木元レジデンスにむかう。エントランスのまえにはガードマンが立ち、ガラスの自動ドアを抜けると受付があった。さすが億ションだ。コンシェルジュサービスがある。朱色の小型フライパンみたいな帽子を頭にのせた受付嬢がおれに笑顔をむけた。

「いらっしゃいませ」

うちの店にもこんな美人がいて来客のたびに挨拶したら、売上は倍になるだろうか。

おれもできるだけ感じのいい笑顔をつくっていう。

「１７０２号室の仙崎さんと約束があるんだけど」

「はい、少々お待ちください」

内線で話して、受付嬢はまた飛び切りの笑顔を見せた。

「右手のエレベーターホールにどうぞ。仙崎さまがお待ちです」

おれは生まれてから一度も真島さまと呼ばれたことはなかった。一億円以上の価格がする住居を購入すると、もれなくさまづけで呼ばれるのだ。ああ、格差社会。


　エレベーターは素早く、驚くほど静かだった。箱のなかに流れる誰かの弦楽四重奏曲のほうがずっとやかましいくらい。おれは十七階でおりて、カーペットが敷きこまれた内廊下をすすんだ。おおきな建物を半周ほどして、その扉を見つけた。１７０２号室。チャイムを押すと、しばらくしてドアが開いた。スグルは土曜日の夜なのに、襟のあるシャツとカーディガンを着ていた。やはり億ションの住人はジャージ姿じゃないんだな。

「マコト、よくきてくれた」

やつの背後にはキー局の女子アナみたいな女がにこにこと立っている。おれはスニーカーを脱ぐまえに、靴下に穴が開いていないか心配になった。西武の紙袋をさしだす。

「辛口の白だ。ブルゴーニュだってさ」

おれは甘いワインが苦手なので、辛口の白と注文しただけだ。産地は店員が教えてくれた。ワインなどおいしければ、南極産でもおれはぜんぜんかまわない。

「ありがとうございます。真島誠さんですよね。お話はスグルさんからうかがっています」

ワインを受けとり、スグルの肩に手をふれていう。

「スグルさん、紹介して」

「ああ、ぼくのパートナーの涼花《すずか》だよ。フリーのアナウンサーをしてる」

どこかの番組で見かけたことがあったのかもしれない。おれはまたチャーミングな笑顔をつくる。今回のトラブルが片づくころには、おれの表情筋も鍛えられているかもしれない。

「こっちこそ、よろしく」

おれが真新しいスリッパをはくと、スグルがほしくもない情報をくれた。

「それとスズカさんは西山大のミスキャンパスだったんだ」

でれでれしている。おれは絶望的な気分になった。スグルは妻を誰かに紹介するたびに、フリーの女子アナで元ミスキャンパスだというのだろう。たぶん住んでいるのが億ションだとつけくわえるのも忘れないはずだ。歯医者としての腕はわるくないらしいが、おれは玄関をあがったばかりで、やつの俗物ぶりに早くもうんざりしていた。

おれたちは三木元神社の境内の緑を見おろすリビングで、ソファに腰かけた。十七階からの眺めはさすがに素晴らしい。遠くサンシャインシティがモノリスのように夕日を浴びている。ソファは淡いブルーのフェルトみたいな素材で、賭けてもいいが外国製で、セットで百万は軽く超えるだろう。

スグルの妻・スズカがグラスを用意し、スグルがおれの土産の白ワインを開けた。なんだかブルジョワ的な雰囲気。おれはワインをこぼさないか急に心配になった。スズカが眉をひそめ、急に深刻な顔をした。なんというか誰かの訃報を伝える女子アナみたい。あいつら友達でもない死者のために実にうまい表情をつくるよな。

「あの音に最初に気づいたのは、わたしなんです。仕事柄、耳だけはいいので」

ミスキャンパスなので、顔もいいのだが、おれは突っこまないでおいた。

「いつも夜十一時すぎになると、コツコツという音がするんです。最初は気のせいかと思ったんですけど」

リビングのガラスの格子戸のむこうから、ミルクティー色のトイプードルがこちらをのぞいていた。初めての客を警戒しているようだ。おれは小型犬に手を振っていった。

「いつからですか」

「ここに入居して四カ月くらいしてからだから、去年の十一月くらいかしら」

そうなるともうふた月は続いていることになる。コツコツとものを叩くようなかすかな音か。スグルが戸を開けてやると、トイプードルがすごい勢いでこちらに走ってきた。飼い主ではなく、おれにむかって。スリッパの足のにおいをかいでいる。

いっておくけど、おれは血統書つきのトイプードルなんて、好きでも嫌いでもないからな。おれ自身が雑種もいいところだし。

「なんていう名前なんだ？」

スグルがでれでれの顔でいった。

「ソナちゃんだよ。女の子のティーカップ・プードルだ。かわいいだろ」

スズカがすぐにフォローした。

「わたしが昔ピアノを弾いていたので、ソナタという名前にしたんです」

ソナタ形式のソナタか、別に韓流ではないのだ。紅茶色のトイプードルはなにを思ったか、おれの足にかじりつき、盛んに腰を振りだした。

　スグルがあわてて、トイプードルをおれの足から引き離す。

「この子はまだ生後半年くらいなんだ。今のは盛りがついてるんじゃなく、遊ぼうっていう気もちの身体表現だからね、マコト」

「気にしちゃいないよ」

　別に犬に上品も下品もないからな。

「それより、そのおかしな音についてきかせてくれ。その音はこの階のほかの住居ではきこえないのか」

　スグルが困った顔をした。

「どうやら、そうみたいなんだ。管理室に調べてもらったんだが、きこえているのはこの部屋だけみたいなんだよ」

　ミスキャンパスの奥さんがひどく真剣な表情で口を開いた。

「きっと心のきれいな、信仰心のある人にしかきこえないんです」

　とんでもないことをいい始める。おれは質問した。

「スズカさんにも、スグルにもきこえるんだよね」

スグルは黙ってうなずき、スズカはいった。

「はい。でも、この地に昔からお住まいになっておられた龍神さまが、わたしたち夫婦だけを選んで、なにかを伝えようとしているんじゃないか。わたしにはそんなふうに思えてしかたないんです」

どうも風むきが怪しくなってきた。完全にオカルト的なトラブルでは、おれの守備範囲外だ。おれには悪魔祓いも、龍神との会話も、吸血鬼退治もできない。スズカの目がすわってきた。妙によく光る濡れた瞳をしている。

「龍神さまはとても力のある大地の霊ですし、あとからやってきた神道や仏教の神さまとはまったく別な存在なんです。お怒りにふれるとたいへんなことになりますし、もしかしたらかつてのご自身が住まわれていた池のうえに建つこのマンション自体を、快く思われていないのかもしれない。呪われた建物では、今後なにが起こるのかわかりません。わたしたちもほんとうに怖いんです」

スグルはお手あげのようだった。美人で、一流大卒で、フリーのアナウンサーをしているが、熱心すぎるスピリチュアルフリーク。なんというか面倒なタイプ。

「スズカさん、ちょっとなにかおつまみをだしてくれないか。ナッツとかチーズとかかんたんでいいから」

はっとスズカの表情が元にもどった。

「あら、ごめんなさい。気がきかなくて。すこしお待ちください」

若い妻がキッチンにいってしまう。スグルが肩をすくめて、おれを見た。

「悪く思わないでくれよ、彼女はちいさなころから霊感が強くてさ。某公共放送のスタジオでは、軍服を着た集団とすれ違ったりしてるんだ。マコトは初対面だから、まだ抑えてるんだけど、ぼくにはしつこくて困ってるんだ」

どんな女にも欠点はある。結婚相手となれば、なおさらだ。

「でも、好きで結婚したんだろ。片目で見るくらいじゃないと、他人といっしょには暮らせないだろ」

おれは能天気な独身者の意見を口にした。

「もちろんかわいいし、料理もうまいし、いいところはあるよ。でも、困るのは不動産なんだよ。まだ買ったばかりのこのマンションを売って、別なところに住みたいといいだしてるんだ」

あーそういうことか。

「そいつは困ったな。だけどさ、今都心は不動産バブルなんだろ。売るなら高く売れるってきいたけど」

　スグルは浮かない顔をした。

「おまえには高額物件のことがわかってないよ。このマンションも今、十室近くが売りにでてるんだ。転売目的の中国人とか日本人の金もちの不動産転がしが、買ってはすぐに利益をのせて売りにだしてるのさ。おかげで、値段は急落中さ」

なるほど、さすがに不動産ビジネスは生き馬の目を抜くというだけある。

「ということは、スズカさんのいうとおり転売して、ほかに移るとなると……」

　スグルが絶望的な顔をする。

「ほんの数カ月住んだだけで、数千万円の損失になるだろうね」

　あきれておれはいった。

「ひと月一千万の家賃か」

「いや、そこまではいかないが、それでもでかいマイナスになるだろう。だから、マコトに頼んだんだ。なにかもっともらしい理由でもつけて、龍神は別に怒っちゃいないと彼女に納得させてくれ。そうしたらもっと謝礼ははずむから」

　一千万単位の損失をカバーできるなら、百万単位のギャラを払っても、痛くもかゆくもないだろう。

「そうか、事情はよーくわかったよ。それにしても、美人の奥さんもらうのもたいへ

「……」

いきなりリビングのガラス戸が開き、スズカが両手に皿をもってやってきた。

「あら、男ふたりでなにをたのしそうにないしょ話してるの」

いきなり龍神があらわれても、あのときのおれたちほど驚いたりはしなかっただろう。


皿のひとつは三種類のチーズとクラッカー、紅茶のジャムがそえてある。もうひと皿は複雑な形に切ったフルーツの盛りあわせだった。まあ元ミスキャンパスはこの手の技を人に見せたがるよな。

おれはサイコロ状に刻まれたマスクメロンをつまんだ。まだ熟成が足りない。硬くて甘さもいまいち。

「うまいメロンだ。スズカさん、その謎の音以外は、このマンションは気にいってるのかな」

うなずいてスズカはいった。

「ええ、眺めもいいし、まわりも静かだし、あと雑司ヶ谷霊園もある。わたし、心が落ち着くから墓地を散歩するの、昔から好きだったの」

「へえ、そうなんだ」

おれは雑司が谷から歩いてすぐのところに住んでいるが、花見の時期以外にここの墓地を散歩したことなどなかった。人にはいろんな趣味があるものだ。

「だったら、その音さえ解決すれば、ずっとここに住んでもいいんだよな」

花がゆっくりと開くコマ送り映像のように、おれにむかって華麗に笑って見せた。たいした威力だ。

「そう、あとは龍神さまがお怒りでないということが、はっきりとわかればなおいいかしら」

心のなかで、ハイハイといっておく。すくなくともオカルト話でよくある謎のラップ音が龍神由来であるようなら、おれには解決は困難だろう。

神さま相手に探偵はできない。

そこからはスグルとおれの小中学校のころのバカ話になった。

二本目のワインが空いたころには、ずいぶんと座は砕けている。スグルは秀才で学級委員の常連のくせに、意外と話がわかるやつで、クラスのした半分にも友達が多かった。

まあ、将来偉くなりそうな人トップスリーの投票ではいつも上位っていうタイプ。対しておれは、今とほとんど同じポジション。勉強でも運動でも目立った活躍はしないが、どんなグループにもよくなじみ、なにかことが起こると頼りにされるって感じ。

おれは思うのだけど、この世界もひとつのバカでかいクラスルームみたいなものじゃないだろうか。ひどく生真面目なやつ、いつもふざけているやつ、こずるいことをするやつ、要領のよくないやつ。美人もそうでないのも、賢いのもそうでないのも、どんなやつだってクラスにはいたはずだ。それがただ拡大されて、こんなバカバカしくて愛すべき世界ができあがる。

だから、もし今あんたがどこかの学校にかよっていて、将来が不安でたまらないとしても心配はいらないよ。あんたが今いるクラスの最低のやつだって、この世界には生きる場所がきちんとある。そいつはあんたただって変わらない。

なにせ世界はおおきなひとつのクラスルームにすぎないんだからね。

夕食のあとで、酔っ払ったおれはソファでうたた寝してしまった。

スズカがつくったイタリア料理は、かなり本格的でオリーブ油とチーズの使用量が半端なかった。胃が疲れるがっつりイタリアンである。

「もう十時になる。マコト、風呂はいっていくか」

「いいや、やめとく。おれ、明日も仕事だから、今夜は遅くなっても帰るよ。湯冷めするの嫌だしな」

例のラップ音の話をきくだけでなく、その音を自分の耳で確かめるのが、その夜のもうひとつの目的だった。おれは熱いルイボスティーをのんで酔いを醒《さ》まし、十一時になると一番よくその音がきこえるという、ふたりの寝室にいった。

新婚の寝室だ。今回はまったくおかしな仕事である。

白とベージュだけのツートーンの上品な寝室だった。カーペットとベッドカバーと遮光カーテンはベージュ。あとは壁紙も、ドレッサーも、枕カバーもすべて白。きっとここで白いそろいのパジャマを着て、歯医者とフリーのアナウンサーのカップルは眠っているのだろう。清潔すぎて、おれには落ち着かない部屋。

時刻が十一時に近づくと、おれたちは窓際に集まった。そこの壁に耳をあてると、一番よくきこえるのだという。レースのカーテン越しに月の光が落ちている。満月に近くけっこう明るかった。カーペットには繊細なレース模様の影が浮かんでいる。静寂に耐えられなくなって、おれは無駄口をたたいた。

「いよいよ、新婚カップルの寝室で張りこみか。おれもおかしな仕事……」

スズカが低い声で鋭くいった。

「しーっ！」

おれたちは三人ならんで、寝室の腰高の窓のわきの白壁に耳を押しあてた。

コッ、コッ、コッ、コッ。その音はひどく遠くから響いてくるようだった。

一定の間隔で確かに意思のある何者かが立てているようにきこえる。非常にかすかだが、いったん気づいてしまうと、壁から耳を離しても、ちゃんと感じとることができた。

おれの顔を見て、スズカがいった。

「ねえ、ほんとうに神さまがなにか救いを求めているようにきこえるでしょう」

スグルは青い顔でいう。

「やめてくれよ、気味が悪い」

おれは耳には自信なんてない。ただの音楽好きというだけだ。だが、確かにスズカのいうとおりにきこえた。問題はそれほど力のある古代の神が、どんな難問で人間に助けを求めているのかだった。

神さまのトラブルを、一介の店番でしかないこのおれに解けるのだろうか。

その音をきいていたのは、ほんの数分ほど。おれは確かに音がきこえたのを確認すると、スグルにいった。

「ほかの部屋ではどうなんだ」

「リビングではきこえないことはないくらいの感じだな。テレビでもつけていたら、ぜんぜんだ」

寝室にはバルコニーはなかった。となりの部屋のバルコニーにでてみる。おれは凍えるように冷たいアルミの手すりに耳を押しつけた。やはりきこえる。タイル張りの外壁にも耳をつけた。室内よりもすこしだけ音がおおきく感じられた。

その音は十一時ジャストに始まり、十二分十二秒続いてやんだ。おれはGショックのストップウォッチ機能をつかって、正確に継続時間を計っている。スグルはいった。

「十二分十二秒か。いったいどういうことなんだろうな。神さまは秒針のついた時計をもってるのか」

わからないとおれはいった。まるで意味がわからない。

十一時半には、おれは同世代の住む億ションを離れた。おれにもあの音がきこえたということは、おれの心がスズカなみに信心深くてきれいに澄んでいるか、あるいはあれが誰か人間、あるいは機械が立てた音だということだった。

龍神についてはよくわからないので、おれは人間があの音を立てているという仮説で動くことにした。それでダメなら、もうどうしようもない。神さまのトラブルは手に負えない。

無人のコンシェルジュカウンターを抜けて、マンションの外にでた。雑司が谷の丘のうえに建つマンションなので、ゆっくりと坂道をくだっていく。

土曜日の夜十一時半すぎ、ヒマラヤ杉のとがったシルエットのしたに、ひとつの影が空に顔をむけていた。三木元レジデンスのどこかにジュリエットを探すロミオか。近づいていくと、男でなく女だった。髪を男の子のようにベリーショートに刈りこんだ少年っぽい女の子だ。この髪型が似あうということは、かなりシャープな顔だちで、しかも目鼻立ちが整っているのだろう。紺のたっぷりとしたダッフルコートに白い分厚いマフラーをぐるぐるに巻いて、顔のした半分が隠れている。

おれはなんとなく会釈した。あのマンションの住人かもしれない。

彼女はおれに気づくと、ぱっと身をひるがえし、速足で別な方向にいってしまった。痴漢だとでも思われたのだろうか。失礼なやつ。

おれは彼女が立っていたヒマラヤ杉の下枝のところに立ち、同じ角度で丘のうえのマンションを見あげてみた。最上階とそのうえの緑の繁るペントハウスが見えた。

いったいなんだったのだろう。おれはその短髪の女のことを忘れ、家に帰るためにおおきなストライドで歩きだした。

日曜日の店だしは、いつもより早かった。休日は午前中からけっこう客がくるのだ。

おれはベートーヴェンのピアノトリオ『幽霊』をかけながら、せっせと冬の果物を店先にならべていった。テンポがいいので仕事もはずむ。

「マコト、真幸《まゆき》さんにおまえの話をしておいたからね」

おれはフロリダ産のオレンジから顔をあげて、おふくろを見た。

「マユキさん、誰、それ？」

おふくろは最近お気にいりのやけに派手な花柄のエプロンを締めていう。

「マユキさんだよ、ほら、あんた龍神さまの話をききたがっていただろ」

「で、その人、なにものなの」

「例の霊能者というか拝み屋さんだよ」

おれは立ちあがって、おふくろをにらんだ。なんだかよくわからない人間を引きこんでくるものだ。

「勝手なことするなよ」

おふくろは余裕だった。先週から売れ残ったメロンにはたきをかけながらいう。

「まあ、ちょいと話をきいてごらん。世のなかには意外なところにほんものがいるんだから」

拝み屋にほんもの偽ものがあるのだろうか。だいたいどうやって見分けるのか、おれにはぜんぜんわからない。

「ただしね、むこうもプロだから、ちゃんとギャラは払っておくれよ」

「待ってくれ。そんな話きいてないぞ」

めったに発生しないおれの副収入をあてにしてくる。どういう流れになってるんだ。

おれはオレンジを放り投げていった。

「キックバックとかないんだよな」

おふくろはにやりと笑った。

「寄席のまえに鍋焼きうどんをおごってもらうくらいだよ」

やってられない。おれはCDプレイヤーのところにいき、ボリュームをいっぱいにあげる。轟音のピアノトリオでさっさと店の準備を片づけた。


昼まえに店をでて、まず東口にある不動産の販売会社へ足を運んだ。おれのことはスグルに話をしてもらっている。友人の調査員とかなんとか。ビルは東口五差路に面した真新しいガラスとアルミの建物。エレベーターで九階にあがり、カーペットを敷きこんだ廊下をすすんだ。

フューチャー・レジデンス販売は三木元レジデンスを一手に売った会社だ。えらく上品なOLが声をかけてくる。

「いらっしゃいませ。今日はどのようなご用件でしょうか」

ご用件か。すくなくともおれはマンションを探してはいないし、成約の手続きにきたわけでもない。スグルの担当者を呼んでもらう。

「営業部の中原《なかはら》さんお願いします。十一時に約束した真島です」

おれはジーンズにトレーナー。ダウンのロングジャケットというストリートの冬ものファッション。億ションを買うような客には見えないが、そう告げると見直したような顔をする。

「こちらでお待ちください」

パーティションで仕切られた打ちあわせブースだった。白木のテーブルと北欧風のソファがいい感じ。おれの部屋にもこういう応接セットがあるといいのだが。一分とたたずに若い営業マンがやってきた。よく日に焼けた馬力のありそうなスポーツ刈りだ。おれを見ると怪訝《けげん》そうな顔をする。

「調査員の真島さんですか。仙崎さまからうかがっていますが、どのようなお話をおききになりたいのでしょうか」

厄介払いをしたくてたまらないという表情。まあ、それはそうだよな、すり切れたジーンズの男がやってきて、最高級物件に龍神がとり憑《つ》いているかもしれないなんていうのだから。

「実は昨日の夜、仙崎さんのマンションにいってきた」

あーあという顔をする。

「異音騒ぎについてですか。あの件はうちでも調査にはいりましたが、そのときには録音でも確認されませんでしたし、音はしなかったんです。こういってはもうしわけないんですが、異音について苦情が寄せられるのは、仙崎さまだけなんです。とくに奥さまのほうがなかなかに厳しくて」

あのスズカなら手ごわいだろう。金もちというのは謙虚さなんてかけらもないのが普通だからな。

「昨日の夜十一時ちょうど、おれも寝室であの音をきいたよ。バルコニーにでて確かめてもみた。手すりからも壁からも、かすかだけど確かにきこえた」

コツコツと力なくなにかをたたくような音だ。紺のスーツの中原は半信半疑。

「もし実際にそのような異音がしたとしてもなんですが、それで居住を継続することが不可能になるというものでもありませんよね。まあ、音はただの音ですから。騒音というレベルの話ではありませんし」

日本人の音への鈍感さが顔をだした。ホームやエスカレーターのアナウンス、商店街でかかるチープな音楽、街をいく街宣車や広告トレーラーがまき散らす大音量のノイズ。どれも音に対する感覚が鈍くなっているから、許される耳への暴力だ。営業マンはひどくていねいな口調で断固としていった。

「当社としましても、今回の件ではお手伝いできることが今のところないのではないかと考えております」

このマンション販売会社では、あの謎の音になにか手を打つつもりはないようである。おれは話の方向を変えてみた。

「去年の十一月くらいに三木元レジデンスになにかあったかな。それも最上階の近くで」

中原はしばらく考えてからいった。

「そういえば屋上の緑化工事が遅れて、ペントハウスが完成したのが去年の十月下旬でした。三木元オーナーのご一家が転居されたのは十一月くらいだったと思います。そちらは引っ越し業者等、わたしたちの関係会社はご利用されなかったので、よく存じあげませんが」

さすがに富裕層むけの住宅を売る営業マンで、おれみたいなガキへも敬語を欠かさなかった。

「もうしわけありませんが、あと五分でつぎの商談が始まります。そろそろよろしいでしょうか」

五分もあれば、世界を引っくり返すことができる。おれはそれから時間ぎりぎりまで粘ったが、新たな情報は得られなかった。


その足でＪＲの池袋駅にいき、山手線にひと駅だけ乗車した。池袋のとなりにある高級住宅街にして文教地区といえば目白だ。おふくろから紹介されたマユキさんという拝み屋は、目白通り沿いにある和菓子屋で待っているという。

日曜日の午後一時、おれは店の二階にある飲食コーナーにあがった。狭い店内にはそば屋にあるような和風のテーブルがならび、どれもばあちゃんで満席だった。おれはしらないけれど、目白では有名な和菓子の名店なのかもしれない。おれが店内を見わたすと、奥の窓際で真っ赤なセーターに真っ赤なコートのばあちゃんが手をあげた。

「マコト、こっち、こっち」

ひどく年配であるということ以外は年齢不詳の赤い妖怪の席におれはむかった。恐るおそるいってみる。

「あの、マユキさんですか、おれ、真島誠です」

「ああ、あんたのおふくろさんから話はきいてるよ。三木元神社の話なんだろ。そいつは難儀だね。あすこの家はなかなか力が強くてね、おいそれとは手をだせないんだよ」

なにをいっているのか意味がよくわからなかった。ばあちゃんのまえには煎茶と磯辺巻きの皿がある。なんだかこの手の甘味屋の磯辺巻きって、妙にうまそうだよな。おれはざっと三木元レジデンスの異音騒ぎについてマユキさんに話した。話し終えるとばあちゃんが手をあげた。でかい声で注文する。

「磯辺巻き、もうひと皿、おくれ」

この人はほんとうにだいじょうぶなのだろうか。おふくろの人を見る目がおかしいのかもしれない。


こっちの真剣な話を無視するように、マユキばあちゃんはおれをじろじろと見た。

「おふくろさんがいうほど、悪い男に見えないねえ。男はかわいげが大事だけど、マコトにはどこかひょうきんなところがあるよ。笑顔もなかなかかいい。どうして、女ができないかねえ。あんたは自分からいかないで待つタイプなのかい」

どうにも返事のしようのない質問だった。気おされておれはいった。

「いや、ケース・バイ・ケースだけど」

「なにを生意気なことといってるんだい。さっさと自分からプロポーズして、結婚でも同棲でもしちまいなよ。いい男がいつまでも独り身なんて汚らしいだろ」

プライバシーとか、モラハラなんて言葉は、このばあちゃんには関係ないようだった。

「そんなことはいいから、三木元の話をきかせてくれ」

おれは池袋のキングのように冷たくいったつもりだが、まるで効果はなかった。

「よかあないんだよ。あんたが先に片づかないと、いつまでもおふくろさんも独り身を守らなきゃいけないだろ。気の毒じゃないか」

あきれて、おれはいった。

「おふくろはもう五十だぞ。今さら結婚なんてないだろ」

ふた皿目の磯辺巻きが届く。おれは黙って、ひとつもらって口にいれた。

「なんてことするんだい。意地汚いね。いいかい、あんたのおふくろさんはまだ人生の半分しか生きていない。まだ肌なんかぴちぴちだよ。あたしをみてごらん」

マユキさんは真っ赤なセーターの腕を広げ、胸をそらした。

「あたしなんて、来月で九十六歳だよ。だけど、まだまだ枯れてないからね」

正真正銘の怪物だ。人のおふくろに性的な評価を勝手にくださないでもらいたい。そういいたいところだが、マユキばあちゃんの顔はえらく真剣になった。

「いいかい、女だってひとりで年をとるのはつらいんだ。息子は誰か女を見つけたら、母親なんて捨てて、すぐにでていく。手遅れになってからじゃ、遅いのさ。まず、マコトからおふくろさんの将来のことを考えてやらなくちゃ」

おれはしかたなくうなずいていった。

「そういうもんかな」

「そうだよ、あたしの年までまだ半世紀あるんだよ。ずっとひとりでいろなんて、息子だっていえないいんだからね。おふくろさんを自由にしてやりなさい」

ずしりとくるひと言だった。スズカのアナウンサー声とは重みが違う。

「ああ、わかったよ。考えておく」

マユキばあちゃんは相好《そうごう》を崩して笑った。八重歯のとなりにまぶしい金歯がのぞく。

「さて、じゃあ、本筋の話にもどろうか」

皿のうえに残っている磯辺巻きをゆうゆうとふたつ平らげてから、マユキさんは話し始めた。

「あんたみたいな若いもんにはわからないかもしれないが、このあたりに龍神が住んでいるのはほんとうの話さ。寺だの神社だのをたくさん建てるようなところは、昔からおかしなことが多い因縁の土地なんだよ。人が消えたり、怪しい疫病《えきびょう》が流行ったり、おおきな火事があったりね。そういう土地には代々そこに住む人間とは違う種類の力が、歴史の始まりから暮らしているんだよ」

雑司が谷の龍神か。おれには宝クジの一等くらい現実味のない話だ。

「それでね、そういう力に仕える一族というのが、長い歴史のなかであらわれるんだね。だいたいは普通の人よりは敏感だったり、ものが見えたりして、神さまのほうでも使役しやすかったんだろうね。そういう一族が自分も神にでもなったつもりで、周囲の人間をいいようにつかうのは、まああたりまえの道理なんだね」

おれはマユキさんの話に引きこまれていた。あんたのほうで読む速さを一・五倍に引きあげてほしい。それくらいよどみなく九十六歳のばあちゃんはしゃべっているのだ。

「神さまに仕える人間でも、ああして寺社で宗教家でございという一派もいれば、あたしみたいに在野で自由にお仕えする人間もいるんだよ。三木元のところは危ない家でね、どうもあの家の人間は暗いんだよ。暗いというのはそれだけで魔を引き寄せるものなのさ。確かに鋭いし、未来を読む力もある。龍神さまのご機嫌とりもなかなかのものなんだろう。そうでなきゃ、あんな塔みたいなマンションを、本拠地のうえに建てさせてはもらえないからね」

おれの目をぞっとするような底のしれない黒い目でのぞきこんでくる。

「マコト、あんた、その音きいたんだろ。じゃあ、思いだしてごらん」

不思議に思いきいてみる。

「思いだすって、ただ頭のなかで思いだせばいいのか」

「そうだよ。それだけでいい」

おれは月の光が落ちる寝室できいたコッコッという音を、頭のなかで鳴らしてみた。マユキさんはいった。

「わかったよ。もういい。あんたの友達の奥さんがいうことは間違っちゃいないね。龍神さまはお怒りのようだ。三木元の家にちょっとした罰を与えるつもりだね。マコト、あんたをつかってさ」

これもまるで意味不明。だが、この強烈な個性でなにかをいい切られると、なぜか信じてしまいそうになるのだ。

「おれをつかうって、どんなふうに」

「あんたは手紙の配達人みたいなものだよ。自分ではなにを運んでいるのかわからない。それでいいんだよ」

おれは冷めたほうじ茶をのんだ。目白でタヌキに化かされるというのは、こういうことかもしれない。

「はいはい、それで、おれはなにをすればいいんだよ」

マユキばあちゃんはもったいぶらずにさっさという。

「つぎの土曜日にまた同じ場所にいきな。そこで、あんたは誰かに会う。それで、あのマンションでコツコツという音がきこえるといえばいい。さあ、じゃあ玉串の代金をおいていきな」

よくわからないが、おれはスグルにもらった封筒から新券の一万円札を一枚抜いてわたそうとした。

「三枚。あとであんたはきっとあたしに感謝することになる。三枚」

しかたなく、三枚抜いて卓上にすべらせた。マユキばあちゃんは引ったくるように金をとると、また手をあげた。

「磯辺巻き、もうひと皿」


月曜からおれはタカシの手も借りて、あちこちで三木元神社とその宮司を代々務める三木元家について調べてまわった。驚くべきことに七百年も昔、このあたりに洪水があって、どこからともなく三木元の先祖がやってきたという。龍神さまの怒りを鎮めなければ、この地は水底に沈む。そういって有力者から金を集めて、三木元神社を造った。それほど有名ではないけれど、霊験《れいげん》あらたかな神社としてひそかに願掛けにくる人間は今も大勢いる。

なかには、あそこの龍神は祟《たた》り神だという話もあった。

まあ、おれは別に怖くはなかった。おおきな力がどこかにあって、それが動くときは、人によい影響もわるい影響も同時におよぼすものだ。そいつは龍神でも、ユーチューバーでも、税制改革でも変わらなかった。

スグルには電話で報告だけいれていた。

あれこれ調べているけれど、とくに進展はない。マユキばあちゃんの件は秘密だ。まあ、やつだって信じはしないだろう。在野で神に仕える真っ赤なセーターを着た九十六歳のばあちゃんのことなど。ひととおりの話を終えると、おれはいった。

「なにか変わったことはないか。あの音はどうなってる?」

スグルが気味悪そうにいった。

「ぼくにはよくわからないんだけど、スズカによるとだんだん音が遠くちいさくなっているらしい。いっそのこと、このまま消えてしまえばいいんだけどな」

おれはまったくぼんやりしていた。

「へえ、そうか。確かに音さえしなくなれば、スズカさんも安心だな。じゃあ、また」

スグルもまたねといって電話を切った。

たいした進展のないまま一週間がすぎて、土曜日がやってきた。

バカらしい話かもしれないが、おれはマユキばあちゃんのいうとおり、また夜十一時に三木元レジデンスにいってみるつもりだった。なにが起きるかはわからないが、賭けてみる価値はある。なにせ三万円の元もとらなきゃならないしな。

おれは分厚いコートを着こみ、夜十時半には家をでた。池袋駅から目白駅へ。そこからすこし歩いて、三木元レジデンスの丘にいく。その日はあいにくの曇り空で、夜空に月の影はなかった。影絵のような暗い空に、光をまばゆく漏らしながら高級レジデンスが建っている。新聞チラシのコピーにあったとおり、丘のうえの理想の邸宅だ。

十一時すぎ、ヒマラヤ杉のところにいってみる。枝のしたには小柄なシルエット。ダッフルコートに見覚えがあった。ベリーショートの女の子がまた空を、いや三木元レジデンスの最上階のあたりを見あげている。

近づく途中で、おれは枯れ枝を踏みしだいた。ちいさな銃声のような音が丘のふもとに響く。さっと女は振りむいて、おれを見るとまた逃げようとした。あわてておれはいった。

「おれは真島誠。怪しい人間じゃない。今、あのマンションの最上階できこえる不思議な音を調べてるんだ」

こちらを振りむきはしないが、女の足がとまった。なにもいわないが背中を耳にして、おれの言葉を待っている。

「そいつはコツコツというなにかをたたく音なんだ。遠くから助けを求めるみたいな。嘘じゃない。おれも先週この耳できいた。あんたはなにかしってるのか」

まだ振りむかない。やっぱりマユキばあちゃんのご宣託は、いいかげんなあてずっぽうか。もう話すことはなにもなかった。スグルにきいた話を適当につけ加える。

「おれの友達が十七階に住んでるんだが、この一週間だんだんとおかしな音がちいさくなってるらしい。どこか遠くへいっちまうんじゃないかと、やつはいってた」

今度は電気でも流れたようにぱっと動いた。振りむいて速足でおれのほうにむかってくる。

「真島さんはあの音を調べているの」

命がけの顔をしていた。なんなんだ、この真剣さ。

「ああ、友達に頼まれてな。おれは池袋で……その、よく調査みたいな仕事をしてるんだ」

「そうなんだ、探偵さんとか調査員さんなんだ」

女はまだ二十歳くらいだろうか。唇をかんで、おれにいった。

「じゃあ、いっしょにきて」

そういうとずんずんと三木元レジデンスにむかう坂をのぼっていく。

　自動ドアを抜けてエントランスにはいれたが、この時間にはコンシェルジュはいない。誰を呼びだすのだろうか。だが、女は財布からカードを抜いて、大理石の操作盤に開いたスリットにさしこんだ。エレベーターホールにつうじる扉が開いた。

「あんた、ここの住人なのか」

　女はおれを無視して、三本あるエレベーターの一番左にのりこんだ。このエレベーターだけ階数表示が違っていた。十七階のうえにＰのボタンがある。ペントハウスの略か。女はＰの横のスリットにまた同じカードをさしこんだ。Ｐのボタンを押す。

「わたしの名前は三木元姫香《ひめか》、真島さん、これからわたしがやることの証人になってください。ほんとうならもう何年もまえに、命をかけてもやらなきゃいけないことだった。でも、わたしは勇気がなくて」

　おれは事態がまったくのみこめていなかった。なにが起きているんだ。なぜか、おれは七百年にわたり三木元神社の宮司を務めてきた一族の娘と、ペントハウスにのぼろうとしている。

エレベーターが開くと、夜の風が頬にあたった。氷の刃《やいば》のように冷たい一月終わりの風だ。屋上に大量の土を運びあげたのだろう。草ではなくかなりの太さの樹木があちこちに植えられている。

「こっちです」

屋上庭園のなかにおおきな和風の住宅と高床式の蔵のような造りの小屋が建てられている。住宅のほうは舞台を思わせる広い縁側が周囲を囲んでいた。ヒメカが先に立って、高床式の小屋にむかっていく。

そのときおれははっきりときいた。コッコッとなにかをたたく音。あの小屋のなかから響いている。もう間違いようはなかった。幻聴でも、龍神からのモールス信号でもない。あれは誰か人間が立てる音だ。

「わたしには姉がいました。三木元頼香《よりか》、勉強でもスポーツでも、絵や音楽でもなにをやらせても天才的に上手な人でした。でも、壊れてしまった」

蔵の最初の扉は、ヒメカがもっていたカードで開いた。最初の部屋は三畳ほどの用具おき場のようだった。白装束が棚のうえにきちんとたたまれている。食器もいくつか見えた。洗面台もある。だが、おかしいのはさらに奥に続く扉が二重になっていることだった。鉄格子とガラスの二枚の扉が、内と外を決定的に遮断している。コッコッという音は二枚の扉の奥からきこえてくる。おれの声は悲鳴に似ていたかもしれない。

「どういうことだ。あんたの姉さんは、ここでなにをしてるんだ」

ヒメカはおれの質問にこたえずに、ロッカーのなかからデッキブラシをとりだすと、振りかぶり思い切り鉄格子の鍵にたたきつけた。二度、三度と繰り返すうちに柄《え》が折れて先端は飛んでいってしまう。荒い息でいった。

「みんながくるまえに、姉さんを助けて。ヨリカ姉さんは小学校五年生のときに、急にいろいろなものが見えるようになったの。龍神さまがついたんだ。壁のむこうから声がきこえて、見えないはずのものが見えるようになった」

十代の初めで心を病んだのだろうか。異音や異言、幻が見えるのは統合失調症の典型的な症例ではある。

「三木元の家では何代かにひとり龍神つきが生まれるの。未来を視《み》る予言者になる。大事にはされるんだけど、一生蔵のなかに監禁されておしまい。外にでることはできないんだ」

ヒメカは今度は棚の木槌《きづち》をとった。このなかに若い女が監禁されている。だんだんと音は弱くなっている。おれはスグルの言葉を思いだした。いっそのこと、このまま消えてしまえばいいんだけどな。おれはロッカーに立てかけてあったパイプ椅子をとると、木槌をふるうヒメカに加わった。だが、鉄格子の鍵はなかなか手ごわい。

「人がくるまえに消防でも警察でもいいから、電話してくれ。人が監禁されている。命の危険がある。至急きてくださいってな。鍵はおれが壊す」

ヒメカはお姉ちゃんごめんと泣きながら、スマートフォンを抜いた。警察に電話をかけている。おれは何度もパイプ椅子を鍵にたたきつけた。ようやく鍵が壊れたのは、おれの手がすっかりしびれてからだ。もう一枚の曇りガラスの扉は外鍵をあけるだけで、かんたんに開いた。

「なにをしている」

しゃがれた声が背後からきこえてくる。ヒメカがいった。

「おばあちゃん！」

つくづく怪物のようなばあちゃんに会う冬だった。

白い和風の寝間着をきた、マユキさんに負けない年寄りのばあちゃんがひとり、そのうしろには中年の夫婦が立っている。どちらが主導権を握っているかは、ひと目見ただけでわかった。ヒメカのばあちゃんは支配するのがあたりまえという顔をしている。息子だか娘夫婦はおどおどと従っているだけだ。

「ヒメカ、なにをしているのかわかっておるのか」

威厳のある声だった。とくに三木元レジデンスの屋上の夜の森で耳にすると。

「そこにおわすは、三木元神社のご本尊さまだぞ」

心を病んだ若い女、ヒメカの姉がご本尊？

「おばあちゃん、もうおしまいにしようよ。誰かを犠牲にして、一族が栄えるなんておかしいよ。だいたい、この豪華なマンションはなんなの。うちにはこんな大富豪が住むようなペントハウスなんて似あわないよ」

今ではコッコッという音は、耳にしつこいほどはいってくる。

「龍神さまのお怒りをかうことになるぞ、ヒメカ、それにそこの配達人」

ヒメカのばあちゃんも、マユキさんのようにおれを配達人と呼んだ。おれはぜんぜん郵便局員には見えないけれど。ヒメカが目に涙をためていった。

「龍神さまの怒りをかっても、お金がぜんぜんなくなっても、わたしはお姉ちゃんを助けたい。ずっとそう思っていた。今までおばあちゃんが怖くていいだせなかったけど。真島さん、いこう」

蔵の奥の部屋にはいっていく。おれはその場に残った三木元家の人間にいった。

「ヒメカが警察に通報した。監禁されている女性がいる。もうすぐ警察官がやってくるだろう。三人でつじつまあわせをしておいたほうがいいんじゃないか」

おれはやつらのほうも見ずに、二重の扉のなかにはいった。


縁《へり》のない畳が敷きつめられた部屋の広さは十畳ほど。そこにヒメカによく似た若い女が横たわっていた。目の光は鈍い。無理もなかった。墨染《すみぞめ》の寝間着のなかで泳ぐ身体は骨だけで、体重は三十キロ台ぎりぎりではないだろうか。ヒメカを見あげて、「あーあー」とうなるように声をあげた。

ヨリカが伸ばした右手には先が擦り減ったスプーンがひとつ。おれは壁に目をやった。コンクリートを削《けず》った灰色の粉が散らばっている。ヨリカはスプーン一本でコンクリートの壁をはがし、なかにある鉄骨をコツコツとスプーンでたたき、助けを求めていたのだろう。

遠くでパトカーのサイレンがきこえた。

ヒメカは姉の手から不思議な動物の骨のような形になったスプーンをとり、自分の手で血のにじむ姉の手を包みこんだ。髪をなでながらなにか話しかけている。おれはふたりの会話はきかなかった。もうあの謎のコツコツがきこえなくなったんだなと、ただ思うだけだ。

東京の副都心で発生した猟奇的な長期監禁事件として、この一件はほんの一週間ばかり話題を集めた。テレビのニュースが一日だけ昼と夜に流され、週刊誌に続報がでたのは一度だけだった。

三木元頼香は統合失調症を発症した十一歳から実の両親と祖母の手により監禁されたという。三木元の家では代々、神のより代《しろ》として幼い少女を捧げる風習があったそうだ。発見時のヨリカの体重は生命の危険がある三十三キロだった。ヨリカは監禁蔵からだしてほしくて、ハンガーストライキを決行していたようだ。

ヨリカは保護され、関係者は警察に事情をきかれている。祖母と両親は監禁致傷の疑いで目白署で取り調べを受けている。もっとも肉親による事件だし、死者もでていない。ヨリカの今後のこともあるので、罪はそれほど重くなりそうもないという話だ。

この事件は、翌週首都圏に四年ぶりの二十センチの降雪があると、まっ白い雪に隠されるように人々から忘れられていった。まあ、いつだってなにかが起きているのが東京だ。


　おれとヒメカ、それに仙崎夫妻が顔をそろえたのは、あのペントハウスだった。

　やはり土曜日の夕方で、西の空は熱のない冬の夕焼けに燃えていた。ヒメカはおれたちに飛び切りうまい煎茶をだしてくれる。屋上庭園のテラスにおいた屋外テーブルで、優雅なお茶会だ。

「今回はほんとうに助かりました。スグルさんとスズカさんが、うちの姉さんのＳＯＳに気づいてくれなければ、あのままたいへんなことになっていたかもしれません」

　体重を三分の一も落としていたのだから無理もない。スズカは笑顔でいう。

「うちはたいしたことはしていないの。わたしね、仕事柄耳だけはいいから。がんばってくれたのはマコトさんよ」

　おれは笑った。スグルはこんな監禁事件で有名になって、マンションの資産価値が落ちたと直前までぼやいていたのだが、澄ました顔で妻を自慢した。

「マコトもよくやってくれたけど、ミスキャンパスなんだから、きみが耳だけなんてことはないだろう」

おれははいはいといって、夕日を浴びたヒメカの横顔を見つめていた。考えてみると、おれはベリーショートの女子とつきあった経験がない。

「それにしても、どうしてマコトさんはあのときあの場所にいたの」

ヒメカがいっているのは、二度目の土曜の夜のことだ。ヨリカ救出劇が突然発生した月の見えない晩である。おれは事実を話そうか、どうか迷った。そっちのばあちゃんによく似た妖怪みたいな九十六歳に目白で出会って、三万円をふんだくられた。あの場所に土曜にいってただ話をするだけで、マコトにはいいことがある。おれはそのアドバイスに素直に従っただけなのだ。

つまらない真実を話す代わりに、おれはいった。

「ああいうのを運命っていうんじゃないのかな。あるいはロマンチックな偶然というかさ」

女って勘がいいよな。スズカもヒメカもそろっておかしな顔をした。おれの渾身《こんしん》の決め台詞は空振り。人のトラブルは解決できても、自分の問題はなかなか手に負えないもんだよな。

とくに相手が若い女で、すこしだけ自分のタイプだったりするとね。

七つの試練

「いいね」が人を殺す。

「いいね」によって、人が死ぬ。

今日も明日も、世界中で「いいね」死が起こる。それが二十一世紀だよな。

そいつは人を傷つけるナイフになり、心をずたずたに引き裂き、ときに完全に破滅させる。SNSのほうがこっちのリアルな世界より、ずっと重要になったこの時代の新しい凶器だ。

思えば火を発見して焼死が生まれ、自動車を発明して交通事故死が生まれるのと同じように、ネットが生みだした死がおれたちの時代には確実にあるのだ。

「いいね」死、「炎上」死、「配信」死。

おれたちの死は軽く、限りなくはかないものになりつつある。今では死は特権を失い、ほんの数メガバイトの情報にすぎない。どんな死も無限にふり積もる情報に覆われて、ほんの数日で歴史のなかに消えていく。

この春、おれが出会ったのは、ネットによって頭がいかれた（あるいは時代に正常に、過度に？　適応した）ガキどもが起こした、謎のデスゲームだった。

そいつは『七つの試練』とか、『セブン・トライアルズ』とか、例によって極端に切り詰められるネット用語にならって『ナナシー』と呼ばれていた。最初に与えられる試練はかわいらしいものだ。ダブルチーズバーガーを三個完食せよとか、真冬に短パンで繁華街を歩けとか、誰でもすこしだけ無理して勇気をふるえば可能な程度。だが、そいつはしだいにエスカレートし、最後のみっつは急激に難易度があがっていく。

宝石つきの指輪を盗めとか、交番の備品を盗めなんてぐあい。ここまでくると、「いいね」の山が膨大に積みあがり、試練を実行したやつは英雄あつかい。途中で踏みとどまって、試練を投げだしたやつには、「腰抜け」とか「死ね」の嵐。

そして最後に、死を招く七番目の試練がやってくる。

今、おまえがいる建物の屋上から飛べ。命綱はつけてもつけなくてもいい。好きにしろ。

そうやって最後の試練に挑んだガキがこの春、何人もいた。まあ平成最後の『坊っちゃん』だよな。ただし、明治の昔には二階建てだった建物は、現在は急激な高層化を起こしている。死んだガキが飛びおりた建物で一番高かったのは、地上二十一階建て。やつは適当なロープを胸と腰にくくりつけて飛んだが、百円均一の綿ロープは衝撃に耐えられるはずもなく、地上でぺしゃんこになってくたばった。まだ十七歳だったというのに。

おれが追いかけたのは、『七つの試練』を始めたネットのなかの管理人だ。冗談めかした顔で近づいて、ガキの命を奪う死のマネージャーといってもいいだろう。今回の事件ほど、おれがスマートフォンを捨てようと思ったことはない。この薄っぺらなガラスの板には、人を狂わせるおかしな力があるのだ。『ハーメルンの笛吹き男』や『IT』のピエロみたいにな。

まあ、おれも悲しき二十一世紀人なので、いまだにスマートフォンの奴隷なんだがな。

今年の春はいかれていたよな。

いきなり季節外れの雪がふるかと思えば、翌日には半袖シャツでもいいくらいの夏日になり、十五度以上も気温が上下するのはあたりまえ。おれはまだ若いからいいが、おふくろなどは気温と気圧の激変にやられ、寝こんでしまうほど。

働き手が二名しかいない、うちの果物屋では戦力半減というわけだ。したがっておれが店番をする時間がむやみに長くなってくる。いやはや零細店舗は働き方改革から遠いよな。

けれど、この春の池袋はのんびりしたものだった。

おれはタカシとサルというこの街のダークサイドの二大巨頭と、いつもの年より二週間近く早くウエストゲートパークで花見をしたくらい。Gボーイズの王さまタカシも、仕事がなく退屈していたのだろう。花見のあとで、二軒もおれののみにつきあったくらいだからな。

だが、平穏無事な日々というのは、官製の見せかけ好景気と同じで、突然に破れるものだ。

おれの場合、きっかけは池袋のキングからかかってきた一本の電話だった。

そのときおれはフロリダ産のオレンジを店先にならべていた。船便で大量に輸入されるこいつは、円相場がいくらだろうがさして値段の変わらない物価の優等生。きっとアメリカではコンビニの駄菓子くらいの値段なのだろう。おれのスマートフォンが震えだした。いつも無音の設定なのだ。画面表示は池袋のキング。

「タカシか、おまえからかけてくるなんてめずらしいな」

おれはオレンジを手にとっていった。ちなみにうまいオレンジは重くて丸くて、皮が薄いやつな。タカシの声は春の東京できいても、シベリア寒気団なみの冷たさ。

「仕事の依頼だ。うちではあつかいがむずかしい」

面倒なことだけ、外部に発注する王さま。

「ふーん、で、どんなトラブルなんだ」

いっておくが平民で、こんなふうにキングに話せるのは、池袋でも数人だけ。おれはまあ王直属のトラブルシューターというか、道化なのだ。

「マコト、おまえ『七つの試練』をしってるか」

しらないといった。きいたこともない。

「そいつはガキどもが集まるサイトの交流スレッドなんかで、ひそかに始まる」

タカシの口からスレッドなんて言葉をきいたのは初めてだ。びっくりしておれはいった。

「おまえ、いつからネットに詳しくなったんだ」

タカシは憮然《ぶぜん》としたまま過冷却の声をだす。

「詳しくなんてない。おれは部下に受けたレクチャーのまま伝えているだけだ」

「そうか」

おれと同じ工業高校卒業で、ネットなんかに詳しいとおたくみたいではずかしいというまっとうな感覚をもっているのだ。このSNS全盛の時代でも。ついでにいっておくが、おれもタカシのほうがただしいと思う。

「誰だかわからないゲームのマネージャーが二週間ばかりのあいだに、七つの試練をだす。ゲームに参加するガキは自分が試練に成功した証拠を、写真かムービーでアップする」

おれは春の日を浴びて橙色《だいだいいろ》に輝くオレンジを、三角に積みあげた山のうえにおいた。

「なかなかたのしそうなゲームじゃないか」

タカシの声がさらに冷えこんだ。液体窒素を満たしたガラスのコップのようだ。白い冷気がコップの端から漏れだし、流れ落ちていく。

「ああ、最初の一週間はな」

「そうなんだ」

おれが間抜けな返事をしたのを責めないでもらいたい。その先の想像がつくやつなどいるはずがないのだ。なんといっても、画期的なデスゲームのマネージャーがしぼりだした悪魔のシナリオなんだから。

「わかってないな。『七つの試練』の五番、六番、七番は、暴力か窃盗か飛びおりの課題なんだよ」

悪質だ。おれは混乱していった。

「ちょっと待て、その試練とかいうのは交流サイトのゲームなんだろ。どうして、そこまでやらなくちゃいけないんだ。強制力がないじゃないか」

そいつは法律でもないし、警察や自衛隊のような実力行使の執行権をもつわけでもない。タカシが水たまりに張った薄氷のように透明に笑った。

「強制力ならあるさ。『いいね』だ。それもガキの仲間から山ほど届く『いいね』だぞ」

価値観を同じくする同世代から受ける賞賛の「いいね」。人間は社会性をもつ生きものだから、麻薬のような酩酊《めいてい》と万能感をもたらすだろう。おれはあきれていった。

「そいつは……とんでもないな」

まったく悪知恵の働くやつというのは、いつの時代にもいるものだ。

西一番街の春ののどかな風景に、氷のようなタカシの声が重なった。

「自分では手を汚さずに、デスゲームの罠を張る。怪我人がでようが、死者がでようが、気にもしていないんだろうな。頭のいい変態だ。どうだ、おれやGボーイズより、マコトむけの仕事だろ」

「おれもタカシに負けずに、ネットは苦手だぞ」

実際にパソコンだってワードとエクスプローラーしかつかわないし、スマートフォンもトラブルがあると誰かに直してもらう程度の知識しかない。

「だが、ネットの自殺サイトのスパイダーを見つけて、きちんと駆除した。あれができるのは、おれでも警察でもないだろ」

法律など無視して、誰に報告することもなく、自分なりの考えと勘で動く。つかえるのは池袋の街に広がるガキのネットワーク。確かにおれしかいないのかもしれない。それに春になるだいぶ以前から、おれは退屈でたまらなかった。トラブルを抱えていないときは、おれは半分しか生きていないのかもしれない。

「わかった。話をきいてみる。どうすればいい？」

予想どおりという声でタカシは冷気とともに笑った。

「池袋病院にいけ、何時ならいい？　面会時間は五時までだそうだ」

おれは急に生きいきと興味深く見えだした果物屋の店先に目をやった。なにかが動きだす瞬間というのは、いつだってたまらないものだ。平凡な日常が急に光りだす。

「じゃあ、四時にいくといってくれ」

タカシはすらすらと病室の番号をいった。

「六〇一号室、室田《むろた》だ」

おれが通話を切ろうとしたら、キングはいった。

「それとな、Gボーイズのメンバーが『七つの試練』のせいで、困ったことになっている。飛びおりたやつはいないが、窃盗で何人かパクられてな。ふざけたやつらだ」

おれはつい笑い声をあげた。そのままタカシにはなにもいわせず通話を終える。

こわもてのGボーイズだろうが、誰だろうが「いいね」はみんなほしいのだ。


おれが鼻歌をうたいながら（ちなみにモーツァルトの交響曲第三十九番の第一楽章冒頭部な）、オレンジを積んでいるとおふくろが声をかけてきた。

「なにか、いいことあったのかい、マコト」

花粉症の癖に勘のいい女。ちなみにおれはまだ花粉症は発症していない。まあ、時間の問題かもしれないが、今のところ春はおれが好きな季節だ。

「ああ、『七つの試練』ってしってるか」

「なんだい、そりゃ。またスマホのゲームかい？　イケメン戦国武将と恋するとかさ」

あの手の恋愛シミュレーションは実に気もち悪いよな。おまえの愛と天下を同時に手にいれるとか、なんとか。男も女も理想の美形キャラばかり追い求め、現実を見ようとしないのだ。武田信玄がそんなにイケメンのはずはないのだが。

「いや、ゲームはゲームでも、いかれたデスゲームだよ」

おふくろはぽかんとした顔で、おれを見る。説明が面倒になって、おれはいった。

「詳しいことはまだわからない。四時から依頼人と打ちあわせがある。ちょっといってきていいかな」

おふくろは横目でじろりとにらんで、あきれていった。

「なにか事件があったときだけ、おまえはやる気になるんだね。その調子でいい娘でもつかまえてくれれば、いいのにさあ。わかってんのかい、マコト。世のなかの幸せと個人の幸せっていうのは別もんなんだよ」

「はいはい」

おれは適当な返事をして、果物屋の仕事にもどった。確かにおふくろのいうとおり、社会がどんなに狂って不幸に満ちていても、ひとりひとりの人間が幸福をあきらめる理由はない。だが、おれの場合、普通の家庭生活や少々の金銭的余裕では、幸福感を得られないみたいなのだ。

のるかそるか、解決可能か不可能か、それくらいでかいトラブルに巻きこまれたとき、おれはなによりも幸福感に打たれるのだ。デスゲームでマンションの屋上から飛びおりるガキのことを素直に笑えないのは、おれのほうかもしれない。

懐かしの池袋病院は首都高速五号線沿いにある、このあたりの救急指定病院だった。もうずいぶんと昔になるがサンシャイン通り内戦のとき、腹を刺されたレッドエンジェルスのガキの手術につきそったことがある。

おれは勝手しった調子で受付を抜け、エレベーターホールにむかった。いっしょにのりあわせたのは、点滴スタンドを左手で杖のようにもつじいさんとえらく真剣な顔をしたショートカットの女子中学生だった。顔立ちは整っているが、表情が暗くて目つきが鋭いので、アイドルにはむかないかもしれない。下級生の女子からチョコをたくさんもらいそうなタイプ。

六階でエレベーターをおりて、消毒薬のにおいがただよう廊下を角部屋の六〇一号室をめざした。おれの二歩先にはつねに女子中学生の紺のブレザーの背中がある。この子は依頼人の関係者なのだろうか。そう思っていると、女の子は引き戸に手をかけた。ドア横には６０１の番号のプレート。そのしたには室田拓海《たくみ》。

おれは女の子に続き、病室のなかをのぞいてみた。室内にはベッドがひとつしかない。

角部屋の個室だ。差額ベッド代が一日二、三万はかかりそうだった。今回の依頼人はけっこう金もちだ。

さっと室内を観察する。おれは手だけでなく目が早いのでも、Gボーイズでは有名だ。ベッドのうえには右足をギプスと包帯でぐるぐる巻きにした高校生くらいの気の弱そうなガキがひとり。ベッドわきのソファベッドに座っているのが、やけに厳しい顔をした中年の女。これが患者の母親だろうか。そして、さっきの暗い顔をした中学生。みな似たような顔をしていて、家族に見えた。それもすこしばかり不幸な家族に。


おれは引き戸のわきをノックした。三回ずつ、二度。

病室の視線が集中する。低い声で娘に小言をいっていた母親が口を開いた。

「あなたが真島誠さん？」

運ばれてきた大皿料理にはいっていたウエイターの抜け毛でも見るような目で、おれをじろりとにらんだ。おれは店番のあとで、カーキ色のチノパンにTシャツとGジャンといういつものスタイル。靴だけ新品のナイキエアマックスだ。もう一度、母親がいう。

「あなたが池袋の有名なトラブルシューターで、ネットにも強いという……」

そのあとは言葉が続かないようだった。タカシはどんな売り文句で、おれを推薦したのだろうか。しかたなく、おれはいった。

「そのマジマ・マコトみたいだけど」

金もちの母親のおめがねにはかなわなかったようだ。おれは視線をベッドのうえに移していった。

「そっちの足を折った彼が、今回の被害者なのかな」

美容室でカットしてできたロングヘアではなく、ただ伸びてしまったという長髪のハイティーンが、おれとは視線をあわせずにパジャマの袖口を見ていた。格子柄に南国の花が散ったウォールペーパープリントだ。母親の趣味に違いない。母親が態勢を立て直していった。

「ええ、うちの長男の拓海。わたしは母親の室田里佳子《りかこ》です。で、こちらは……」

女子中学生のほうに手をあげてから、いった。

「紹介するまでもないようね。優実《ゆうみ》、あなたは話に加わる必要はないから、ちょっと席をはずしていらっしゃい」

ユウミは母親ではなく、なぜかおれのほうをキッと強くにらんでから、病室をでていった。おれはベッドをはさんで里佳子と反対側に、パイプ椅子を開いて腰かけた。

さて、どんな話が始まるのだろうか。

タクミは高校二年生。おれでさえ名前をしっている有名な城北地区の進学校の生徒だった。里佳子は、息子は体調を崩して休学中だという。おれはそれをきいているタクミの顔を見ていた。さっとやつの少年らしい鋭い顔に影がさす。

「それで休学中に、あのゲームのことをどこかで耳にしたのよね。お友達からだったかしら、タクミくん?」

高校生って、おやじやおふくろが世界で一番苦手になる時期だよな。ましてこんなプライドの高そうな教育ママではたまらない。紺のタイトスカートのスーツに真珠色のカットソーを着て、胸元にはどこかのブランドの金のネックレスをつけている。まだ現役の女感がばりばりだ。トランプに負けた大統領候補みたい。タクミはおれのほうを見ずに、ぼそりといった。

「友達からじゃない。ネットの情報」

里佳子は負けていなかった。

「そう、ネットね。あそこにはロクなものが落ちてないわね。うちの息子の学校でもタクミくんだけでなく、『七つの試練』の被害者がでています。警察はまだ事件性が薄いといって動いてくれないし、どこに頼んだらいいのか見当もつかなかった」

おれは助け船をだした。

「それでどこかの友達から、Gボーイズのことをきいた」

「ええ。学校の保護者会の理事とわたしとで直接会いにいきました。安藤さんはネットの噂とは違って、たいへん立派なかただった」

どうせディオールのブラックスーツでも着て、面会したのだろう。タカシにかかればPTAをだますくらいはかんたんなものだ。悪の程度がおれとは違う。あと服の値段もな。

「おれのことはなんていってましたか」

「何度も彼が動かしているグループの危機を救ってくれた。池袋の警察署にもホットラインをもっているって」

警察とのつながりがあれば、それでもう安心か。詐欺師のいいカモだ。

「そうでしたか」

タカシもタカシだ。面倒なことはすぐこちらに押しつける。どうせGボーイズの何人かがパクられた仕返しを、おれにさせようというところだろう。放っておけば、キングのメンツも立たないからな。

「あの、安藤さんから謝礼は少額でいいときいてますけど、ほんとうですか。もちろん領収書をつけてくだされば、経費はお支払いします。うちの大切な長男をこんなふうに傷つけた犯人を許すことはできません。わたしと夫、それに高校関係者の総意でもあります」

ギャラは一千万とでもいえば、この場で『七つの試練』から手を引けそうだった。おれの苦手なタイプの依頼人だしな。素直に断れなかったのは、ベッドで右足をギプスで固めたタクミの表情のせいかもしれない。絶望といら立ち。とにかくもうすこし話をきかなければ、判断ができない。

「謝礼が少額なのは確かだよ。おれ本業は別にあるから。金の話はあとにして、おれにタクミとすこし話をさせてくれないか。おふくろさんのまえだといいにくいこともあるだろうから。なっ、タクミ」

そういって、ベッドの横にしゃがみこんだ。やつの落とした視線に映りこむように。

「でも、この子はまだ高校生で……」

手をあげて、母親をさえぎった。

「高校生は思っているより大人ですよ。この話、受けるか受けないかは、こいつと話してみなくちゃ決められない」

里佳子が病室をでていった。おれは引き戸を閉めるとベッドサイドにもどった。

さて、タクミの本心をきかなきゃならない。

「おふくろさんもいなくなった。腹を割って話してくれ。おまえ、体調を崩したというけど、なんの病気だったんだ」

単刀直入にきいてみる。おれはじわじわ相手の心を解きほぐすカウンセラーのようなやりかたは苦手。タクミは顔を引きつらせている。なんてデリカシーのない質問。

「病気じゃないよ。ただ高校にいけなくなっただけだ」

「理由は？」

タクミは初めて顔をあげて、おれを見た。

「理由なんてない。ただいけないんだ。ほんとにお腹が痛くなるし、熱だってでてしまう。ぼくだってほんとうは高校にいきたいよ」

頭がよくて、神経が細いやつだった。

「別に高校なんていかなくてもいいんじゃないか。おれは高校中退しても立派に生きてるやつ、けっこうしってるぞ。立派に、はちょっといいすぎだけど」

うちの工業高校は卒業までに三分の一が中退していた。やめていったやつらも、それなりに生きている。ほとんどは地元に残り、自分の得意なことをやって、なんとか生計を立てていた。

「それじゃ未来がないじゃないか」

進学校のタクミから見たら、高校中退は死刑宣告と同じなのだろう。国立大学にいって、官僚や銀行家になれないのだから。

「そうかな。おふくろさんに押しつけられた未来が嫌だから、高校にいけないいって線も考えられるぞ。まあ、おれはタクミがどんなふうに生きようと関心はない。引きこもろうが、東大いこうがどっちでもいいんだ。それより『七つの試練』のことをきかせてくれ」

やっと本題にたどりついた。タクミは顔をふせたまま話し始めた。


「最初はアニメやゲーム好きな人が集まる交流サイトだった。クリップボードって、マコトさんはしってる？」

しらないといった。おれはネットで人とつながったことはないし、つながろうとも思わない。

「そこには書きこみ自由の掲示板があって、誰かがつぎのゲーム開始を宣言するんだ。

三週間くらいまえになるけど。みんな、のりのりで参加した」

おれはスマートフォンで音声を録音したが、同時に手帳も開いた。音声データってよほどのことがない限り再生しないからな。やっぱり手書きのメモにはかなわない。

「何人くらいゲームに参加したんだ」

タクミはうーんとうなっていった。

「ぼくが参加した一番目の試練のときには、千人近い参加者があったと思う。試練がかんたんだったから。好きなドーナツよっつの完食が指令だったんだ。ぼくもミスタードーナツで買って、たべ終わるまで動画で撮ってアップした」

なぜかタクミの目が光り始めた。なつかしそうにやつはいう。

「ぼくが一番目の試練をクリアした動画をあげたとたんに、『いいね』がつき始めたんだ。あんなこと生まれて初めてだった。見てるうちに、二〇、三〇ってカウンターが伸びていくんだ。最終的にはつぎの日の夜までに二七六も集まった。あのときはほんとうれしかったな」

高校にいけなくなって自分の部屋に引きこもったタクミに寄せられた「いいね」の山。やつが中毒になるのもむりないよな。

「ふーん、で二番目の試練は？」

パイプ椅子に座り走り書きのメモをとる。高校の授業でこの集中力が発揮できれば、試験なんて軽くクリアできたはずだ。

「つぎはスイーツから、ラーメンだった。大盛り二杯完食が指令。ぼくは目立ちたくて、うちの家の近くにある二郎系の店にいってチャレンジした」

「へえ、タクミは細いのにけっこうくうんだな」

さっとかするような笑みを見せて、右足を固めた高校生がいった。

「大盛り二杯は死にそうになったよ。なんとかたべたけど」

「三番目の試練は？　それと間隔はどれくらいなんだ」

頭のなかで何度も考えたのだろう。こたえはすらすらとでてくる。

「試練のあいだは短いと一日、長くても三日くらいしかあいてなかった。もういちいち口で説明するの面倒だから、ぼくのスマホ見せるよ。でも、これはうちのお母さんには秘密にして」

わかったといった。タクミは指紋でスマートフォンのロックを解除すると、スクリーンショットのギャラリーに飛んだ。画面を指さしていう。

「三番目はこれ」

画面には裸足のつまさきが映っていた。雪が歩道に積もっている。

「東京に雪がふった日があったよね。あの日に指令がだされて、裸足で外を駆けろって内容だった。このときの『いいね』が最多だよ」

おれはコメント欄のしたの数字を読んだ。四一三「いいね」。タクミはつぎの画像を呼びだした。

「で、四番目はこれ」

なんだか暗くてよく見えない画像だった。ぼんやりと見えているのは、ジャングルジムの四角い格子か。遠くに夜空の星のような水銀灯が光っている。タクミはジムのてっぺんで、自撮りをしているようだ。裏Vサインとベースボールキャップ。

「夜明けまえの一番暗い時間、近くの公園で一番高いところにのぼる。それが四番目の試練だった」

ここまでなら、なんの問題もない。それどころか青春らしい、かわいいゲームだ。こちらに集まったのは三七二「いいね」。

「それで、五番目がこれなんだ。お母さんには絶対秘密だよ」

どこか倉庫のようなところだった。こちらも暗い。スチールの棚には機械の部品のようなものがならんでいる。

「どこなんだ、これ」

タクミの声が低くなった。誰もきいている者はいないが、自分の秘密が怖いらしい。

「うちの近所の町工場のなかなんだ。五番目の試練は、侵入してはいけない場所に侵入して、自撮りしろだった」

不法侵入の指令か。だんだんとやばくなってきた。「いいね」はぐっと減って二一九。

「このあたりでやめようとは思わなかったのか。誰かに見つかったら、かなりやばいだろ」

「それはわかってたけど、もうとめられなかった。『いいね』をくれた人の期待を裏切るような気がしたし、自分の勇気がないのを証明しちゃうような気がして」

ガキの心をあやつるのがうまいやつがいるものだ。ガキどもは自分から深みにはまり、ありもしない勇気を証明するのだから。

「五番目の試練がでたときには、もう頭がおかしくなっていたと思う。つぎは盗みの指令だった。なんでもいい、おもしろいものを盗め。ぼくはスニーカーを盗んだ」

タクミのスマートフォンの画面には白いテニスシューズが映っている。盗品か、購入したものかは写真ではわからなかった。

「どうやって、こんなもの盗んだんだ？」

タクミの声は震えている。

「商店街にあるチェーンの靴屋だった。店員はそんなに多くない。店の人がなかにはいって、お客の相手をしてるときに、この靴をつかんでただ走った。誰も追いかけてはこなかった。この写真を撮ってから、靴は捨てた」

写真には三四一「いいね」が寄せられている。

「自分でもどうしてこんなことをやらなきゃいけないのか、わからなくなってた。でも、絶対にやりとげなくちゃいけない。そう思いこんでいたんだ」

六番目の試練は窃盗か。完全に法律を破っている。ゲームだといって、違法行為をさせるのは罪になるのだろうか。おれにはわからない。だが、あれはただの冗談だった、まさか本気でやるとは思わなかったと訴えたら、今の法律で裁くのは困難な気もする。『七つの試練』には強制力はないのだから。おれは息をのんでいった。

「で、最後の七番目の試練がやってくる。その足はどうしたんだ」

タクミの顔から表情がなくなっていた。スマートフォンをもつ手が震えている。恐ろしく静かな声でいった。

「最後の試練は、飛べ！　だった。自分が住んでる場所の屋上から飛べ。命綱は自分で考えろ。ぼくは絶対に最後まで『七つの試練』をやりとげるつもりだった。誰がなんといおうと、誰が反対しようと、それで自分が傷つくことがあっても」

おれはベッドのうえで震えているガキにそっと声をかけた。

「死ぬかもしれなくとも？」

「そう」といって微笑むタクミ。

「それは『いいね』のためなのか」

うーんとやつはうなってからいった。

「それもあるんだけど、やっぱり自分のためだと思う。ぼくは生まれてから最後までなにかを自分の手で完成させたことがなかったんだ。『七つの試練』を最後までできたら、自分が変われるんじゃないか。そう信じこんでいた」

ネットは人の視野を狭くする。そいつは大勢のネット右翼や左翼を見ればわかるよな。狭い自分の政治的意見を自分そのものだと信じこむ人間たち。タクミはデスゲームの主催者が周到に仕組んだ罠で、自己実現ができると錯覚したのだ。

「で、おまえは飛んだ？」

タクミはカラフルなパジャマを着て、夢見る顔でいった。

「ぼくの部屋は二階なんだ。手すりを伝って、屋根にのぼった。スマホで動画を撮りながら、三角屋根の端っこから飛んだ。死ななかったけど、右足を折った。でも救急車で運ばれる最中、ずっと叫んでいたんだ。ぼくはやった、ぼくはやったぞって」

おれは座っていたパイプ椅子から手を伸ばし、タクミの肩にそっとおいた。不登校の高校生が静かに泣きだしたのは、しばらくしてからだった。洟《はな》をするタクミを見ているうちに、おれの決意が固まった。

この依頼は受けなければならない。まだ心がやわらかな子どもだけを狙う『七つの試練』の主催者は、とんでもなく悪質だ。おれはタクミにきいた。

「その試練は今も続いているのか」

タクミはぼろぼろの顔でうなずいた。

「うん、また新しいのが始まるって噂だよ。今じゃ、ぼくのときよりもっと人気があるから」

いったん開始されたら、そのゲームはとまらないだろう。最後の試練にたどりつくまえに、ネットの海に隠れたゲームメイカーをなんとか見つけだし、暴走するガキどもをとめなければいけない。だが、どうやって？　今回のトラブルはとんでもなく難易度の高い仕事になりそうだった。

六〇一号室のベッドで涙をぬぐっているタクミに、そっと声をかけた。

「そのクリップボードとかいうサイトのアドレスを教えてくれ。それと『七つの試練』にも毎回課題をだす管理人がいるんだろ。そいつとはどうやって連絡とるんだ。むこうがただ一方的に宿題だすだけなのかな」

タクミは鼻水をパジャマの袖でぬぐった。

「いや、いつでも管理人とは連絡とれるよ」

「直接に？　ＩＤもわかるか」

うんとうなずいて、タクミが自分のスマートフォンを見せてくれる。おれたちはその場でラインを交換し、おれはクリップボードのトップページと管理人のＩＤを、スマートフォンで撮影した。そのうち探偵の七つ道具は、この一台のスマホですむようになるかもしれない。

「ゲームメイカーのIDがわかるなら、解決はかんたんかもしれないな。なにかききたいことができたら、ラインしてもいいか」

おれはパイプ椅子で背筋を伸ばした。あまり長いあいだ椅子に座る習慣がないのだ。腰が痛くなる。

「うん、だいじょうぶ。マコトさんって、なにか資格もってるの」

資格？　池袋のゴミとゴミのような人間をかぎまわる国家資格だろうか。

「いや、そんなものなにももってないよ」

タクミは目を輝かせていう。

「だけど、池袋署にもコネがあって、Gボーイズのキングとも直接話せるんでしょ」

余裕でうなずいた。そいつはまぎれもない事実。ネットにあふれるフェイクニュースとは違う。さすがにタクミは若いので、Gボーイズの噂はきいているのだろう。

「そうだ。おれはタカシとは友人だから、電話一本で何百人というGボーイズを動かせる。今の警察署長ともしりあいだ」

当然という顔をしていった。引きこもりの高二のあこがれの視線。誰が相手でもいい気分だよな。タクミの声は消えいりそう。

「どうしたら、ぼくもそうなれるかな」

青春のとんでもなく暗いトンネルに迷いこんだガキにおれはいった。

「とりあえず、高校だけは卒業しておけ。おふくろさんの期待にこたえて、東大にいってもいいし、別に高卒で終わりにしてもいい」

タクミの高校は年に九十人かそこらの東大進学者が誇りだった。

「でも、ぼくは高校にいけないんだ」

おれはやつの肩に手をおいた。

「そいつはおまえが自分の場所はここしかないって、心の底で信じてるからだ。逃げ場をひとつつくってみろよ。おれがキングに紹介するから、東京一の進学校にかよいながら、Gボーイズの集会に顔だしてみたらどうだ」

昼と夜の顔をもつ。ガキが大人になるためには、絶対必要だよな。

「そんなこと、ぼくにできるかな」

おれはやつの薄い肩をつかんでいった。

「もちろん、できるさ。おまえ『七つの試練』コンプリートしただろ。おまえのおふくろさんはバカだというかもしれないが、なかなかいい根性してるじゃないか。Gボーイズじゃ無鉄砲は賞賛されるぞ」

「ほんとですか。ぼくがGボーイズになれるんだ」

病室を離れるまえ、おれはGボーイズのハンドサインを頬を赤らめたタクミに送ってやった。おまえもなにか気づいたことがあったら、なんでもいいから教えてくれよ。最後にそういって廊下にでる。

まあ東大にいって官僚になったり、つまらないバラエティ番組でクイズ王になるくらいなら、Gボーイズの法律顧問にでもなってくれたほうが、世のなかのためになるよな。

廊下にでると、タクミの母親が待っていた。タイトスカートのスーツで腕を組んでいる。里佳子はおれといっしょにエレベーターホールに歩きながらいった。

「わたしはタクミの高校の理事会の総意を受けて、真島さんに依頼しています。謝礼もそれなりにお支払いしますし、うちの高校には官僚組織に情報網がありますから、なにか必要なことがあったら、おしらせください」

高校のＯＢがどの省庁にも百人単位で存在するのだろう。おれの卒業した工業高校には上級職の国家公務員試験に合格して、官僚になったやつなどひとりもいない。どうりで池袋のストリートの意見が、法律に反映されないわけだ。

生活環境と暮らしている世界に接点がひとつもない人間と、エレベーターがくるのを待つ時間ってつらいよな。おれは見なくともいい病院の階数表示を、必死になって見あげていた。里佳子がそっといった。

「うちのタクミくんは、どうでしたか」

母親としての心労を初めてのぞかせた。ヒラリー・クリントンみたいな雰囲気だけど、やはり母親なのだ。

「今はなにか問題を抱えているみたいだけど、なんでも人のいうことを素直にきくやつより、可能性があるんじゃないかな。まだ若いんだ。不登校で一年くらい遅れても、ぜんぜん問題ないと、おれは思う。タクミはガッツがあるよ」

あと何秒かでエレベーターがやってくる。古い病院のって、足のわるいロバなみの速度だよな。黙りこんだ里佳子にいった。

「たまにはあいつをほめてやってくれ。進学校のできのいいクラスメートと比べないでさ。それと若いうちにすこし遊んだほうがいいって、タクミにいっといてくれ」

おれは中年の看護師といっしょにエレベーターにのりこんだ。里佳子は閉まりかけた扉のむこうで怪訝な顔をして会釈をよこした。若いころの遊びは重要だ。勉強や仕事ばかりしていると、事務次官や県知事になってから満たされなかった青春への復讐をするようになる。セクハラや買春といった地位のある人間にとっての自殺行為でな。人生の集大成の時期に、押さえつけていた内なる若者に破滅させられるのだ。

まあ、小説のテーマとしてはおもしろいかもしれない。

池袋病院のエントランスを抜けた。五時すこしまえでまだ春の空は明るさをだいぶ残していたが、そこは場所がわるかった。正面に首都高の高架があるので、夜のように暗いのだ。すでに街灯が淋しい明かりをつけている。

数段のステップを駆けおりると、そこにタクミの妹が立っていた。顔はぶすっとした暗い表情だが、きりりと整った美少女だ。兄はいい子で、妹は反逆児。家庭のなかでの役割はそんなところか。周囲にきこえるような大声で、おれに話しかけてくる。

「真島さん、お話があります」

女子中学生とおおきな声が苦手なおれは震えあがった。一歩さがりそうになって、なんとかこらえる。

「おまえ、タクミの妹だよな」

紺のブレザーとチェックのスカートの制服でぺこりと礼をして少女はいった。

「はい、妹の優実です。真島さんにお話があります」

「わかったから、同じこと繰り返すなよ。で、話ってなんだ」

こくりとうなずいて、ユウミがひと言もらした。

「『七つの試練』のこと」

「あー、そういうこと」

思わず落胆の声がでてしまった。いかれたデスゲームのネタでは話をきかないわけにはいかない。薄暗い高架下で、おれは女子中学生にいった。

「ついてきてくれ。コーヒーのめるか」

ユウミが首を横に振った。

「苦くてのめない。ジュースなら、だいじょうぶ」

なんてこった、コーヒーものめないガキとカフェにいくのだ。こちらのほうが特別の割り増し料金をもらいたいくらいである。


ついてきてくれといって、先に歩きだした。目的地はここから五分とかからないサンシャインシティだ。背中でしゃりしゃりと化学繊維のこすれる音がした。振りむくと、ユウミがスクールバッグからウインドブレーカーを引っ張りだしている。

「なんだ、それ」

ユウミがやけに真剣な顔でいった。

「うちの学校の先生、放課後は池袋で見まわりをしてるんだ。制服隠そうと思って」

ぞっとした。自由に繁華街も歩けないなんて、相手が中学生でも人権侵害である。

「おれといっしょに歩いているとこ見つかったら、ユウミはどうなるんだ」

ユウミは他人事のように肩をすくめた。

「学校に連れもどされてお説教かな。真島さんのこと、根ほり葉ほりきかれると思う。連絡先とか、年齢とか、なにしている人とか」

中学校の記録にロリコンのトラブルシューターとして永遠に名前が残るのだ。破滅的。

「ユウミ、わるいけど十メートルは距離をおいて、しらん顔でついてきてくれ。目的地はサンシャインシティのスターバックス。赤レンガのテラス席のあるとこ、わかるよな」

ユウミがうなずいていった。敬礼でもしそうな勢い。

「了解です。真島さん」

あー少年探偵団みたいだ。おれは中学の教師にあわないようにサンシャイン60通りを一本はずれた路地を選んで歩いた。不幸なことに、その手の路地に限ってラブホテルとか風俗店とかあるのだ。『ヌキ袋ウエストゲートパーク』なんて、ふざけた名前のな。

十メートル後方に女子中学生を引き連れたおれの姿を想像してほしい。まあ、あんたの想像の一・五倍は、おれの心臓が早く打っていたのは間違いない。

サンシャインシティのスターバックスでは、テラス席に座らなかった。雨でなければ、冬でもおれはテラス派なんだけどな。店内の一番奥のテーブルをとり、ユウミは外に背をむけて座らせる。ようやく安心して、おれはいった。

「さて、さっさと話して、おれを解放してくれ。命が縮んだよ」

ユウミのまえにはシュガードーナツとホットのゆずシトラスティー。おれがおごってやったのに、冷ややかな目でこっちを見る。

「大人は勝手ですね。こっちのことを大人だといったり、子どもだといったり」

「おれはユウミを大人だとも子どもだとも思ってないよ。ただガッコのセンセとかかわりあいになりたくないだけだ。ガキのころから教師が苦手でな。さあ『七つの試練』だ。話せ」

不機嫌にうなずいた。

「わたし、今『ナナシー』の新しいゲームをやってるんだ」

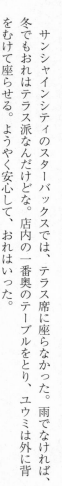

おれは驚いて、アイスラテを噴きだしそうになった。

「もう新しいゲームが始まってるのか」

「うん、第四の試練が終わったところ」

ユウミはスクールバッグのまえポケットから、スマートフォンを抜きだした。

「ちょっと待て。なんで、ユウミが『七つの試練』なんて、やってんだ？　タクミが足の骨折ったのしってるんだろ」

あたりまえの顔をして、ユウミはアイフォンを操作している。

「わかってるよ。お兄ちゃんの仇をとるためだよ。家族がやられて黙ってるなんて、わたしできないもん」

驚いた。不登校の兄よりも、中学生の妹のほうがGボーイズむきかもしれない。ユウミはディスプレイをこちらにむけてみせる。

「これが二日まえにだされた第四の試練」

ユウミの自撮りの肩越しに、どこかのビルの天辺にあるデジタル時計が見えた。01：00。

ハンドルネームは「モンテ・クリスティーン」。女版のモンテ・クリスト伯か。

「ユウミは海外ものの小説とか読むんだな。復讐のために試練に耐えるってことか」

なんでもないようにうなずいて、ユウミはいった。

「ドキドキだったよ。真夜中の一時、どこかの繁華街でセルフィしろっていうのが課題だったんだ」

あきれた。よく見るとこれは池袋東口にある商業ビルの時計だ。

「おまえ、家を抜けだしたのか」

ユウミは澄ました顔でうなずいた。

「うん、リスクは負わなくちゃね。でも、ほら見て」

おれはスクリーンショットに目をやった。「いいね」はタクミのマックスの倍以上の八八六。ネットの住民は女子中学生に甘い。

「なんだよ、ユウミもいいね中毒になったのか」

にっと笑って、中学生がいった。

「まあね、お兄ちゃんを抜いたのは気分いいよ。勉強ではずっとかなわなかったから。でも、一番よかったのはそっちじゃない。スクリーンショットじゃわからないか」

ユウミは何度か画面にふれて、クリップボードの掲示板に飛んだ。

「ここの隅っこに裏サイトの入口があるんだ。ほら」

黒地の画面にずらりとちいさなサムネイルがならんでいる。たくさんのガキの背後には、深夜一時をさす屋外の時計。ユウミは自分のサムネイルにタッチする。画面が切り替わり、果てしなく続く賞賛の書きこみを送っていくと、フロム管理人の一行があった。

「ちょっと待ってくれ」

おれは自分のスマホをだして、タクミからもらった管理人のＩＤを確認した。同じものだ。yiua951+df。おれにはネットのことはよくわからないが、アドレスやＩＤがあればパソコンの特定は可能だろう。腕のいいハッカーなら、池袋にもひとりいる。

「ありがと。『七つの試練』の管理人のＩＤがダブルチェックできた。あとはなんとかなると思う」

ユウミが疑わしそうな顔でいった。

「ほんとに？　『ナナシー』ではもう何人か逮捕されちゃった人もいるんだよ。そんなにかんたんにうまくいくのかな」

おれは愚かにも自信まんまんで、中学生にいい切った。

「まかせておけ、こう見えても北東京一のトラブルシューターなんだから。それとおれのことは真島さんじゃなく、マコトさんかマコトと呼んでくれ」

おれたちは双方のスマホをしゃかしゃかと揺らして、ラインのアカウントを交換した。まあ二度と会うことがなくても、女子中学生の連絡先をひとつ増やすのはわるくない気分だよな。

スタバの店先でユウミと別れて、おれはサンシャインシティのむかいにあるデニーズにいった。ここが正真正銘、北東京一のハッカーのオフィスなのだ。アポもなしで店にはいると窓際のボックス席で、ゼロワンがうなずいてみせた。マイクつきのイヤフォンをつけて、誰かと話している。テーブルのうえには二台のノートパソコンと三台のスマートフォン。おれはゼロワンの正面に座り、やつの電話が終わるのを待った。

ウエイターがきて注文をとり、またやってきてレモンティーをおいていった。ゼロワンの電話は続いている。盛んにそいつはできないと、相手に説明していた。おれは始まったばかりの『七つの試練』問題について考えていた。誰が管理人で、このデスゲームのゲームメイカーであるのかあばく。その先はどうすればいいのだろうか。おれにはやつをなんらかの罪で裁けるのか確信がなかった。窃盗や自殺の教唆《きょうさ》としての罪は、ネットゲームでも可能だろうか。新しい時代には新しい犯罪が生まれるものだ。

はめ殺しの窓に切りとられたサンシャイン60を眺めていると、ゼロワンがガス漏れのような声をだした。

「おれは神さまじゃない。最近の客はなんでも無茶をいう」

整形手術と同じで、肉体装飾とインプラントも際限のない習慣になるのだろうか。ゼロワンの頭には新たなチタンの角がはえて、両方の耳には両手の指より多いピアスがついていた。

「それで空港のセキュリティゲートとおれるのか」

にやりと笑って、やつはいった。

「日本の係員は優秀だから、だいじょうぶだ。海外ではすこし面倒だ。最近はあまりいってないが。マコト、久しぶりだな。なんの依頼だ」

さて、ネットをうろつくガキをだます質《たち》のわるいデスゲームをさっさと片づけるか。

「『七つの試練』なんだが……」

ゼロワンがおれの言葉をさえぎって呪文のようにいった。

「yiua951+df」

「なんだって?」

「だから調べてほしいのはyiua951+df。『七つの試練』の管理人のIDだろ」

こいつは魔法つかいか、千里眼か。ゼロワンの目はじっと見ていると不安になるほど透明度の高い湖のようだ。吸いこまれるというより、自分から飛びこんでしまいそうになる。

「だから、どうしてわかるんだ？」

「この何日か、ネット界隈《かいわい》は『七つの試練』のゲームメイカーの噂でもちきりだ。当然、おれのところにも話はいくつかもちこまれた。おまえのダチの安藤からもな」

なにが池袋の絶対王政だ。タカシのやつは『ナナシー』がかんたんには運ばない難物だと最初からわかっていたのだ。それでもそしらぬ顔でおれに押しつけてきた。腹は立ったが、確認だけはしておかなければいけない。

「おまえ北東京一のハッカーなんだろ。どうしてＩＤから身元ひとつ特定できない」

くすくすとゼロワンが笑った。

「おいおい、おれに軍隊と戦えとでもいうのか」

おれはテーブルをたたいていった。

「こんなパソコンのなかに軍隊がいるかよ」

ゼロワンの目が果てしなく深くなった。デジタルの灰色の憂鬱《ゆううつ》。

「ああ、こいつのなかにも軍はいる。そいつの名はＴＯＲ、オニオンルーターだ」

玉ねぎ？　ルーター？　ネットとコンピュータのない時代の優雅な探偵が急にうらやましくなった。踊る人形の絵文字だけで、おれも事件を解決してみたいものだ、そうだろミスター・シャーロック。

　ゼロワンによるとオニオンルーターは、アメリカ海軍が開発したソフトウエアである。軍事情報を流す回線の匿名性を確保するためのソフトだ。玉ねぎの皮のように無数のルーターをとおし、途中の経路を暗号化して秘匿《ひとく》することで、誰がどこから送ったのかを完璧に匿名にするという。

「なんだよ、軍用の暗号ソフトみたいなもんなのか。なんで、そんな物騒なもんがそのへんに流通してるんだ」

　ゼロワンは皮肉に笑った。

「おいおいカマトトぶるなよ。だいたいインターネットだって、核戦争が起きたときのために考案された中心をもたない相互ネットワークだろう。ワシントンやロスアンジェルスが核攻撃を受けても、反撃ができるようにな。インターネットもGPSもオニオンルーターも、生まれは全部同じだ」

　確かにやつのいうとおり。外科や整形手術の技術だって、戦争のたびに長足の進歩をとげている。まあ、テクノロジーの歴史の暗い半面だ。

「最初のうちは軍や情報機関だけの占有ソフトだったが、誰か内部の者がもちだして売った。今では世界中の犯罪者や諜報機関が使用している。ときに『七つの試練』の管理人みたいなやつもな」

ため息をついて、おれはいった。

「おまえの腕でも破れないのか」

ゼロワンは一瞬夢見る目になった。灰色の瞳のなかを根魚《ねうお》のようなおおきな影がゆらりと動く。

「オニオンルーターを破れたなら、おれはそのソフトをＣＩＡにでも売るさ。ハワイに別荘と自家用ジェットを買い、この店を丸々手にいれてもいいな」

おれは目を丸くしていった。

「そんなに高く売れるんだ」

「ああ、池袋にいる頭のいかれたガキ千人分の生涯賃金よりも高価だろうよ。おまえには技術アドバイス料で請求書を書けばいいのかな。まあレクチャーだけだから安くしておく」

おれは心底がっかりした。まったくテクノロジーってやつは。

打つ手がなくなったおれは、しかたなく自宅にもどった。春の池袋は妙に蒸し暑く、今年の夏もひどいものになりそうだ。こんなに暑くとも米国の大統領は温室効果ガスによる気候変動を認めないのだ。地球だけでなく、世のなかもおかしくなっている。

おれは果物屋にもどり、おふくろと店番を交代した。おふくろはエプロンをとっていった。

「池袋演芸場にいってくるよ。夜の部に追っかけてる噺家《はなしか》がでるんだ。晩ごはんは友達とたべるから、あんたも適当にすませておきな」

はいはいとおれはいった。立派なネグレクトという気もするが、おれはもう中学生じゃない。ネットでガキを煽《あお》って破滅させるデスゲームを主催する管理人。絶対に個人にたどりつけないＩＤ。病院のベッドに横たわる足の骨を折った不登校の高校生。すべてのゲームは過激化する。しかも、今現在も新たな『七つの試練』が進行中なのだ。おれは売れない果物を見ながら、頭を抱えそうになった。

やはりネットがらみのトラブルを引き受けるのは、もうやめにしよう。だいたいおれはパソコンもスマートフォンも大嫌いなのだ。

店のCDプレイヤーにディスクをいれた。曲はフランシス・プーランクの『フルート・ソナタ』。なにかを考えるときには、おれには音楽が欠かせない。音楽のもつテンポ感やリズムが思考にいい影響を与えてくれるのかもしれない。まあ、考えるのに疲れたら、好きな音楽が流れているというのも悪くないしな。

プーランクは熱心なカトリック教徒だが、さすがにフランスの作曲家でひどく洒落た皮肉な音楽を書く。このフルート曲もカフェのテラス席でサンドイッチでもつまむときのBGMにぴったりという雰囲気だった。うちの果物屋がフルーツパーラーにでもなりそうな音楽だ。

だが、そのときおれが考えていたのは、ハーメルンの笛吹き男のこと。街に大発生したネズミを片づけてやるといった笛吹きに、ちゃんと約束の報酬を払わなかったときに、なにが起きたか。笛吹き男のメロディに誘われた子どもたちが、ハーメルンの街からごっそり消えて行方不明になったのである。

『七つの試練』の管理人は、この笛吹き男によく似ていた。子どもの心をつかむのが抜群にうまく、山のような「いいね」の力に酔わせて、タクミのような心になにか欠損を抱えたガキを破滅に導くのである。さて、おれになにができるか。

おれはプーランクのフルート・ソナタをききながら、何度も繰り返し考えた。やつの一番の強みはなにか。きっとその強みのかげにやつの弱点が隠れているはずなのだ。

強いは弱い。弱いは強い。

シェークスピアはいつだって、この移りゆく世界の真実を語る。いかれた大統領の真夜中のツイートとは出来が違うのだ。


つぎの朝、寝床のなかにいるおれのスマートフォンが鳴った。朝いきなり鳴る電話は悪いしらせに決まっている。おれはいやいや画面を見た。不機嫌な中学生、ユウミからだった。

「なんだよ。こんな時間に」

週に一度しかない定休日の七時半はおれにとって、夜明けの午前五時と同じ。ユウミは声を潜めている。

「学校にいったら連絡できないんだよ。今、通学の途中なんだ。ねえ、『ナナシー』の管理人、誰かわかった?」

ふう、困った質問だ。おれは昨日のスタバでユウミにどんな態度だったかな。

「いや、わからなかった。やつの発信元はつかめなかった。途中のルーターが暗号化されてるんだとさ」

街のノイズがユウミの声の背後にきこえた。

「ふーん。そんなことだと思った」

「なんでだよ」

「だって、わたしにちゃんとレスつけてくれるから。絶対たどりつけない自信があるから、平気で書きこみするんでしょ。裏アカどころじゃないだろうなって、思ってた」

それくらい考えておくべきだったのだ。おれは間抜けだ。

「はいはい、ところでこいつはなんの電話だ？」

布団のなかで上半身を起こし、おれはスマートフォンをもち直した。寝ながら電話して鼻にスマホを落としたこと、あんたも絶対あるよな。

「マコトさんに手伝ってもらいたくて」

女子中学生の手伝い？　北東京一のトラブルシューターも落ちたものだ。

「なんだ、それ」

「だから、『七つの試練』で新しい課題がでたんだよ。今度ので五番目。でも、わたしひとりじゃ怖くてできないんだ」

「そうだったのか、で、つぎの試練はなんなんだ？」

強気のユウミがめずらしく口ごもった。

「いいにくいな……下着で夜の公園を歩くんだけど」

ちょっと危険で、ちょっとエロティックで、ガキどもが手を打ってよろこびそうなトライアルだ。ユウミは強がりをいった。

「わたし、ひとりでもぜんぜんできるんだけど、あのさ、下着で夜の公園なんかを歩いて撮影してたら、あぶない男の人なんかに襲われちゃう可能性あるでしょ。ほら、わたし、かわいいから」

おれはちゃかすのを控えた。

「そうだな。女子中学生なら誰でもいいなんてやつもいるもんな」

「そうなんだよ。さっと写真だけ撮って逃げるつもりなんだけど、誰かボディガードがいたほうがいいなって思って」

おれは布団から起きあがり、ガキのころからつかっている学習机にむかった。のみかけのペットボトルからぬるいミネラルウォーターをのむ。まったくしょうもないガキ。下着姿で夜の公園を歩くのか。だがゲームマスターのIDの線が消えた以上、やらないわけにはいかなかった。

「で、いつやるんだよ。場所は?」

「あっ、もうすぐバスがきちゃう。決行は今夜だよ。塾の帰りの夜十時。場所は西口公園で」

おれはあやうく叫び声をあげそうになった。

「西口公園って、池袋ウエストゲートパークか」

「そうだよ。あそこなら、すぐにメトロで帰れるもん。じゃあ、今夜十時にね。マコトさん、学校いってきます」

通話がいきなり切れた。夜の十時に副都心の駅まえの公園で、女子中学生が下着姿でうろつくところを守る。なんとも情けない仕事。やっぱりおれはシャーロック・ホームズの時代のほうに生まれたかった。


その日は夜になるまで、プーランクの『フルート・ソナタ』をききながら、あれこれと調べものをした。もちろん『七つの試練』についてだ。そいつは新しい年が明けるとともに、いつの間にか始まっていた。最初のころはほとんど参加者はなく、誰にも注目はされていなかったという。第一回の参加者は二十名を切っていた。

それが回を追うごとに、参加者とやじ馬が増えて、ネットでの反響が熱狂的になっていった。ネットのガキはみな「ゲーム」や「危険」や「見せびらかし」が好きなのだ。まだ表だって事件化はしていないが、タクミが屋根から飛んだ五回目のゲームでは、重体が一名、重傷者が三名もでている。内訳は二十代がひとりで、あとはみな十代だ。

　米軍の暗号ソフトで守られた管理人にたどりつくには、どうすればいいのだろうか。放っておけば、あと二、三日で次回の試練がやってくる。そして、運命の七番目の試練。管理人はまたどこかから、空を飛べと命じるだろう。

　おれはその映像を見たのだ。タクミではない別なガキが、スマートフォンでムービーを撮りながら、窓から飛びおりる映像。時間にしたら、ほんの数秒。やつは左の肩と腕と肋骨を折り、入院したどこかの病院から、コンクリートの地面がぐんぐん迫る灰色の映像をアップした。ぐずんっと湿った重いものが地面に激突する音で終わる破壊力抜群のショートクリップだ。閲覧回数は十万を軽く超え、「いいね」は七千を記録していた。

　一カ月半の長期入院の代価として、そいつは高いのか安いのか。

　ネット嫌いのおれは、正確に判断する基準はもっていない。だが、それだけの「いいね」のためなら命をかける人間は存在するのだ。ユウミが兄の仇をとるために続けるデスゲームでは、最後に何人が空を飛ぶのだろうか。

　夕方、おれはネットでの調査をひと休みして、タカシに電話をかけた。とりつぎはすぐに液体窒素のようなキングに代わってくれる。スマホさえ指に張りつきそうな寒さ。

挨拶抜きでいった。

「タカシ、とんでもないもん押しつけてくれたな」

しゅうしゅうというのは、バルブから冷気が漏れるのではなく、タカシが笑っているのだろう。

「すまないな。こちらにも打つ手がなくて、おまえを巻きこんだ。おまえはだいたいなにも情報を与えずに、いきなりトラブルのなかに放りこんだほうが、今までいい仕事をしてきただろ」

確かにそうかもしれない。おれはなぜかかんたんそうな事件ほどしくじりをやらかし、難事件ほど見事に解決している。

「おまえのほうでも、ゼロワンに依頼してたんだな」

「例のIDか」

「そうだよ。米軍の暗号ソフトの話をきかされただけで、情報料をとられたんだぞ。バカらしい」

またもタカシが庶民の空しい努力を笑った。

「マコト、つぎはどうするんだ」

そのとき、おれの頭になにかひらめくものがあった。『七つの試練』の管理人が絶対に自分の足跡をネットのなかではたどられないと過信しているなら効果的かもしれない。

「なあ、タカシ。昔ゼロワンがいってた話を覚えてないか。パソコンやネットをつかう普通のハッキングじゃなくて、ほら電話とかメール一本で相手をだまして、むこうのアドレスとか電話番号をききだすってやつ」

王は冷静だった。あっさりと庶民の質問に回答してくれる。

「ソーシャル・ハッキングだろ。そいつが、どうした？」

おれは店先にならんだフロリダ産オレンジをひとつ手にとった。ユウミへの土産にいいかもしれない。なにせ太陽の恵みをたっぷりと浴びて、ビタミンCも豊富だ。

「おれはうまく女子中学生になれるかな」

王はあきれて鼻を鳴らし、王都一の道化にいう。

「いよいよ頭がいかれたのか、マコト。おまえの女子中学生姿なんて、どんなコスプレだって見たくない」

謎めいた言葉で、やんごとない貴人を煙《けむ》にまくのは、道化の一番のおたのしみだった。おれは片手でオレンジをお手玉しながらいった。

「今夜ウエストゲートパークで、女子中学生とデートしてくる。うまくいったら、あとでおまえにも報告する。まあ、おれのソーシャル・ハッキング、たのしみにしていてくれ」

通話を切った。自分の正体は絶対にばれない。そう信じているやつほど、ガードは甘くなるだろう。おれは淀んだ闇のなかの淵《ふち》まで、釣り糸をたらすつもりだった。エサはユウミだ。まあ、あいつが自分でいうほどじゃあないが、映像のなかなら確かにそれなりのかわいさがあるからな。

おふくろがまた近所のスナックにのみにいったので、おれは夜九時には家をでた。タカシとの電話でひらめいたアイディアをさらに鋭く研ぐためには、もうすこし時間がほしいのだ。

おれはなにかを考えるとき、だいたい池袋の街にでる。果物屋の二階にある狭い四畳半ではなかなか光り輝くアイディアなど生まれないからだ。ロマンス通り、トキワ通り、西一番街、池袋西口の繁華街をうろつき、果てしなく考え続ける。半分はのみ屋で、残り半分はたべもの屋とラブホとスマホ屋の路地を何度も往復する。

おれのスマホにいれた『フルート・ソナタ』をききながらな。最近はどこの飲食店も不景気で、客引きがうるさいけれど、おれを見るとみな会釈してそっとしておいてくれる。まあ、この街では、おれもそれなりに名が売れているのだ。

午後九時五十分、おれはロサ会館のまえで思案を切りあげて、夜の池袋ウエストゲートパークにむかった。

西口公園の東武デパート口から、黒いグラウンドコートを着たユウミがやってきた。歩きかたでもう緊張しているのがわかる。足元は黒いコインローファーと紺のハイソックスだ。

おれはパイプベンチから立ちあがり、広場を横切ってくるユウミを迎えた。

「時間どおりだな。寒いのか、ユウミ」

中学生の目がつりあがっていた。

「駅のトイレで先に脱いできたんだよ。わたし、公園で服を脱ぐなんて絶対に無理だもん」

泣きそうな声だった。

「えらいな、おまえ。タクミの仇を討つっていっても、ひとりじゃたいへんだろ。おれに手伝わせてもらえないか」

ユウミは苦い顔をした。

「どうせＩＤじゃうまくいかなかったんでしょ」

正解、ユウミに百ポイント。仮想通貨一ビットコインでもいいな。

「ああ、そうだ。はっきりしたことが、ひとつある。話をきいてもらえないか」

ユウミはおれにデイパックをさしだした。ズシリと重い。どれだけ参考書がはいってるんだろう。

「わかった。でも、先に撮影しちゃって、場所を変えよう」

ユウミは自殺用の小型ピストルでも抜くように、グラウンドコートのポケットからスマートフォンをとりだした。おれから四、五メートルほど離れる。顔がはっきりと映りこまないようにするためだろう。何度か深呼吸をして、円形広場を見わたした。

ここは副都心の駅まえの公園である。すくなくとも数百人の通行人が常時歩いている。

「いくね、マコトさん。コート、もってて」

おれも周囲に気を配った。学生の集団、会社帰りのサラリーマンやウーマン、いつものことながら下手くそなラブソングを歌う路上ライブが三組。女子中学生は自分に気合いをいれた。周囲をとりまくのはオフィスビルとビジネスビルの無数の明かりとガラス壁だった。

「気をつけるんだぞ。がんばれ、ユウミ」

そうちいさく叫んで自分にうなずくと、さっと切れのいいひと動作でコートを脱ぎ落とした。白いブラジャーとおそろいのショーツ姿で、自撮りを始める。衝撃的だが、おれはユウミの細い身体から視線をそらせ、芸術劇場口のほうを確認した。

まずい、ふたり組のパトロール警官がウエストゲートパークにはいってきた。

同時に近くの酔っ払った会社員の集団が歓声をあげた。

「おー、すげえ。さすが池袋、かわいこちゃんの露出狂がいるぞ」

ユウミは裏Vサインをしながら、自撮りを続けている。おれは叫んだ。

「撮影は終わりだ。警察がくる」


公園のむこうの端で、警官が叫んでいた。

「待ちなさい、きみたち」

パトロールに待てといわれて待つ人間はいない。たとえ無罪だろうとな。おれはタイルに落ちたまだぬくもりのあるグラウンドコートをさらって、ユウミのところに駆けつけた。ユウミは酔っ払いの視線と遠くの警察官に気づいたようだ。

「あっ！」

そう叫んで顔を真っ赤にすると、胸でも尻でもなく、なぜかお腹を隠した。おれはユウミの胸にコートを押しつけていった。

「こいつを着てくれ。すぐに逃げるぞ」

「はい、マコトさん」

「おまえ、足速いか」

ユウミはコートに袖をとおしながらいう。

「うん、うちのクラスのリレー代表だよ」

おれとしては足が速いのは、女性としてのポイントが高かった。だが敵もなかなかだ。警察官は普段から鍛えているので足が速く、持久力もある。きっと未成年をつかって無許可で違法な撮影行為をしている同人ＡＶの女優と監督にでも見えているのだろう。つかまると面倒なことになりそうだ。

おれはユウミのデイパックを肩にさげ、オオカミに出会ったウサギのように円形広場を駆け抜け、ウエストゲートパークから飛びだした。


西口の雑踏《ざっとう》のなかを何度も折れて、地下街に潜りこんだ。三分ほどで、追手がないのはわかったが、そのまま東口にいきタクシーをつかまえた。コートのしたは白い下着姿の女子中学生といっしょにタクシーにのるのはおかしな感じだった。走っていたので、おれもユウミも汗だくだ。

「だいじょうぶか」

青い顔をしていたユウミがいきなり襟元をかきあわせて笑いだした。しばらく後部座席で心地いい笑い声が続く。でたらめに緊張したのだ。それくらいはいいだろう。涙をぬぐいながらユウミはいった。

「あー、つかまったら、うちの中学を自主退学になるって、ほんとにあせった。すごいスリルだったね、マコトさん」

まったくだ。おれのほうは都の淫行条例に引っかかった可能性もある。ワンメーターでタクシーをおりた。場所はサンシャインシティの裏。ちいさな児童遊園にはいると、ユウミはいった。

「荷物かして。マコトさんはむこうむいてて」

薄暗い児童遊園の緑のかげに消えていく。おれは背をむけて、きぬずれの音だけきいていた。

「だいぶ遅くなっちまったな。家まで送るよ」

「いいよ、別に。塾の帰りなんて、いつもひとりだもん」

おれは進学塾になんかいったことがないので、夜十時まで勉強をしてひとりで家に帰る経験など一度もなかった。東京の豊かな階層の子どもには、そういうのがあたりまえなのだろうか。ユウミが制服姿で、公園の水銀灯の光の輪にもどってきた。デイパックは押しこんだグラウンドコートでぱんぱんだ。

「いや、おれのほうに話があるんだ。ユウミがもってる管理人とのラインが、切り札になりそうでさ」

「ふーん、やっと気づいたみたいだね」

生意気なガキ。ほとんど胸だってないくせに。

「なんの話だよ」

「わたしが役に立つってこと」

おれは両手をあげて万歳をした。まあユウミがもつスマートフォンが管理人にたどりつく最後の切り札であるのは間違いなかった。

ユウミとタクミの家は氷《ひ》川台《かわだい》だった。東京メトロ有楽町線で池袋からよっつ。その夜はタクシーでひと駅ぶんだけ逃げたので、東池袋駅からさして混雑していない電車にのりこんだ。

おれはユウミのスマートフォンを見せてもらった。『七つの試練』の最初の課題から、ユウミには管理人からのレスがついていた。やはり管理人は男性だ。前回の深夜一時の繁華街の課題には、短いが二ターンのやりとりがある。

管理人：モンテ・クリスティーン、よくがんばったね。
　　きみが今回のトライアルで一番有望なプレイヤーだよ。
クリスティーン：わあ、うれしい。ドキドキだったけど、がんばったよ。
　　絶対に最後までやりとげるから、見ててね。
管理人：了解。第五の試練もがんばって。最後までできたら、なにかごほうびをあげる。クリスティーンの望みをいつか教えて。
クリスティーン：ありがと。わたしは途中で絶対やめないよ。
　　最後までやって「いいね」の新記録つくるね。

おれはスマートフォンのカメラで、管理人とユウミのやりとりをすべて撮影していった。氷川台までは十分ほどしかないので、あっという間だ。管理人の文章は短いが筋はとおっていて、知性にも欠けていないようだ。
「今夜、さっきのムービーをあげるんだよな」
「うん、顔が切れてるかちゃんとチェックしてからね。はいってたら、加工しないと」

おれはスマホの写真やムービーの加工などお手あげだった。今の中学生はすごい。

「わかった。じゃあ、また管理人のレスがついたら教えてくれないか」

「どうするの、マコトさん」

つぎが氷川台だった。あと二分しかない。おれは急いでいった。

「やつはオニオンルーターのせいで自分は絶対に安全だと思いこんでる。だから気安くユウミにもレスをつけてくるんだ。もっと親しくなって、第七の試練で罠を張ろう」

「第七の試練って、飛びおり？」

メトロの暗いトンネルを光をまき散らしながら、アルミニウムの車体が駆けていく。管理人は自分がすべての事態をコントロールしていると過信している。きっと罠にはまるはずだ。

「やつのレスに返事をするときは、おれに相談してくれ。管理人の自尊心をくすぐって、理想の男性だとでもいってやれば、やつは調子にのる。あくまでにおわせるくらいでいいけどな」

ユウミの顔から表情が消えた。

「あんなゲスなやつ、最低だよ。かげに隠れて、人を追いこむ吸血鬼みたいなやつ」

「ああそうだ。だから、やつをはめる。あいつは自分がなんでもできるゲームマスターだとでも自惚れてる。だけどただのいかれたロリコン野郎だ。最後に自分の飛ぶところを、あこがれの人に見てもらいたいといえば、きっと穴倉のなかから鼻息を荒くしてでてくるはずだ」

「気もち悪い。ゲスの極みだね」

そのとおりだった。自分に好意をもつかわいい女子中学生が飛びおり自殺を敢行する場面を見たがる。天才的なゲームマスターというより、ネットに潜む最低の変態だった。

氷川台のホームに着いた。

「ああ、おれもいっしょにおりるよ」

空気の抜ける音とともにドアが開いた。一歩踏みだすとユウミがいう。

「わたし、今までこんなに充実した時間って経験したことないよ。受験の一週間まえだって、こんなに緊張しなかったし、興奮しなかった。マコトさん、わたし、がんばるね。絶対に管理人をつかまえてやる」

ユウミのやる気をすこし危うく感じながら、おれはいった。

「ああ、頼むぞ。レスがきたら、連絡くれ」

エスカレーターにむかう背中を見送り、おれは反対方面の地下鉄にのりこんだ。また池袋にもどらなきゃいけない。おれはゼロワンに情報料の分だけ働いてもらうつもりだった。

サンシャインシティのむかいにあるデニーズに、いつものようにゼロワンは座っていた。奥のボックス席。おれの顔を見るとガス漏れみたいな声でいう。

「あきらめが悪いやつだな。つぎはなんだ？」

おれはファミリーレストランのメニューを見た。今まで街をうろついて考えごとをしていたせいで、夕食をとっていなかった。

「めし、くってもいいかな」

「かまわない。おれもつきあうか」

もう十一時近くだった。こんな時間にゼロワンとテーブルをかこむのはおかしな感じだ。おれはオールビーフハンバーグの醤油ソース、ゼロワンはクラブハウスサンドを頼んだ。のみものはドリンクバーがふたつ。ユウミを連れて池袋の街を走ったせいか、あの毒々しいメロンソーダがでたらめにうまかった。

ハンバーグを切りながらおれはいった。

「『ナナシー』の管理人のＩＤはもういいんだが、ちょっと考えてみたんだ。やつは管理人をするのが初めてじゃないんじゃないかって」

出来の悪い生徒の質問にこたえるようにゼロワンが唇を曲げた。笑ったのかもしれない。

「なるほど。それで」

おれはオールビーフのハンバーグを口に放りこんだ。さすがにうまい。

「リストがほしい。今までその手のゲームの主催をして評判を呼んだやつのな。おふざけのゲームなら、米軍のソフトウエアで自分を隠したりしないだろ。やつは手慣れているし、これまで何度かこの手のネットゲームの管理人の経験があったと思う」

ゼロワンがサンドイッチを皿にもどし、おれにゆっくりと音のしない拍手を送った。

おれは会釈だけ返し、食事を続けた。

「そいつに気づいたのは今のところ、マコトだけだ。本業の警察なら、最初に動いていただろうがな。まあ、いい。調べておこう」

おれは依頼人のために釘をさした。

「ギャラはこのまえの情報料とこみでいいだろ」

ゼロワンはじっと灰色の目でおれを見つめる。ひどく居心地が悪い。

「まあ、いいだろ。その代わりなんだが、事件がうまくいったら、あの……」

ピアスだらけのスキンヘッドが驚くべきことに顔を赤らめた。

「なんだよ？」

「……ふわふわのパンケーキをもってきてくれないか。おれは甘いものに目がないんだ。ここにもパンケーキはあるんだが」

おれは噴きだしそうになって必死にこらえた。

「ふわふわのって、スフレパンケーキのことか」

憮然とした表情でゼロワンがいう。

「ああ、そういうのか。それでいい。『七つの試練』はなにか進展があったのか」

おれはうなずいて、ハンバーグの最後のひと切れを頬ばった。交代で店番をしている商売人の子どもは、なにせものをたべるのが早いのだ。

「ああ、いい糸口が見つかった。そいつはパンケーキのときに話すよ」

おれはそれから口が曲がりそうに甘い無果汁のメロンソーダを二杯おかわりした。

翌日は店に商品をだし終えると、タカシに電話をいれた。氷の王は小山のように巨大なSUVにのり、池袋の街を巡回中だった。おれは店のまえでピックアップを頼んだ。

通話を切って、おふくろにいう。

「あとでタカシが迎えにくる。ちょっと店番、交代してくれ」

おふくろは腕組みをしていった。

「タカシくんはいったいなんの仕事してるんだい。いつも高級な外車にのってさ。おまえとは同級生でも羽振りは大違いだね」

痛いところをついてくる。やつの収益源はおれもよくわからなかった。

「さあな、何軒か店をもってるみたいだけど、誰もやつがなにをしてるのか、ほんとのところはわからないんじゃないかな」

おれはタカシの仕事が飲食業とギャングと投資でも驚かないだろう。なんというか複雑な男なのだ。おれは逆に単純で、人生はシンプルなほうがいいと心底思っている。

「タカシくんはイケメンなんだから、おまえもひとりよさそうな子を紹介してもらえないもんかね」

おれはおふくろのマリッジ・ハラスメントを無視した。タカシに紹介されて嫁などもらったら、一生あいつにからかわれることになる。絶対にごめんだ。

十二時半に西一番街のうちの店のまえに、白いボルボがとまった。タカシはおりてくると、紙袋をおふくろに手わたした。エルメスのロゴ。爽やかな笑顔でいう。

「いつもマコトを借りて、すみません。これはちょっとしたお礼です。では、また」

おれは綿のサックスブルーのスーツを着たタカシを、ＳＵＶに押しこんだ。おれものりこんでいう。

「早くだしてくれ。タカシ、なんなんだ、あのプレゼント?」

キングは平気な顔をして、窓を流れる池袋西口のビル街を眺めている。

「おまえがこのまえ文句をいってただろ。ひどい仕事を押しつけたって。その礼だ。中身は春の柄のシルクスカーフ。マコトは自分がもらうよりおふくろさんがもらうほうがうれしいだろ」

まえの座席にはGボーイズの武闘派がふたり座っているが、タカシをなぐってやろうかと思った。こいつはひねくれているくせに、妙に人の心を読むのがうまい。

「わかった。もう、いいよ」

おれの顔を見て、池袋のキングがいった。

「なにかいい手が見つかったみたいだな」

ガキのころから長いつきあいなので、だいたいのことはおたがい顔を見ればわかる。

タカシはまんざらではないほうの無表情だった。

「ああ、『七つの試練』の管理人の弱点が見つかった」

タカシはいつもの氷点下の裁定者の顔になる。

「そいつはなんだ? 話せ」

「ショートカットの女子中学生」

まえの席のふたりが短く噴きだしたが、タカシはにこりともしない。ふたりはあわてて口を押さえている。あまり王に冗談をいう臣下はいないらしい。

「今のが冗談なら、走っている車の窓からおまえを放りだす。いいか、話せ、マコト」

助手席のGボーイがこわごわとおれのほうを見ている。タカシはやるといったら、必ずやる男だ。おれは余裕を見せて、歯をむきだしてやつに笑いかけてやった。

冗談がわからないといい王にはなれないからな。


おれは『七つの試練』とその管理人についてわかってることを話した。今もつぎのデスゲームが進行中で、被害者タクミの妹で女子中学生のユウミが、管理人のお気にいりであること。すでに何度かメッセージのやりとりをすませていること。そして、やつが暗号ソフトに安心し切って油断していること。

「なるほど、オニオンルーターが逆に弱点なのか」

ボルボは東口にでて、明治通りを走っていた。このあたりの景色も高校時代からずいぶんと変わったものだ。都心というより、もっと田舎だったのだが。

「そうだ。やつは自分のIDがたぐられないと信じて、あちこちに気軽にレスをつけている。だから、ユウミをエサに暗がりのなかから引きずりだすのさ」

「どうやるんだ？」

「ユウミと何度か連絡をとらせ、最後の試練の飛びおりで、場所と日時を特定させる」

助手席のGボーイが尊敬の目でおれを見ていた。

「管理人は愉快犯で、残酷なことを人にやらせるのが好きな変態だ。『七つの試練』は実はひとつだけなのさ。最後の七番目以外は、全部そこに至るまでのおまけの前奏曲にすぎない。やつの目的はガキにどこかのビルの屋上から飛びおりさせることだ。それも自分からすすんでな」

タカシの目がひどく澄んで冷たくなっていく。

「時代はつねに新たな変態を生むんだな」

「そういうことだ。今まではそいつをネットの動画や写真でしか確認できなかった。だが、自分の目で見られるなら、その機会を逃すとは思えない。きっと最新型のカメラをもってでてくるはずだ。タカシ、どこかいい場所はないか。池袋はダメなんだ」

たくさんの幹線道路と通りと路地、ＪＲと東京メトロと私鉄の数々。どこかのビルを指定しても、とてもすべてに罠を張ることができない。タカシの臣下を総動員しても。

「そうか、おまえがユウミと組んで管理人を呼びだし、おれたちGボーイズが広く罠を張る。周囲から隔絶したところか。絶海の孤島なんかがぴったりなんだがな」

そのとき、おれのことを尊敬の目で見ていた助手席のGボーイが口を開いた。

「あの、キング、いいですか」

タカシは目もくれずにいう。

「自由に発言しろ」

「はい、おれはこのまえ江の島にいったんですけど、あそこなら島にわたる橋は一本だし、遊覧船も一つだけだし、飛びおりるには手ごろな展望灯台もあるんですけど、どうでしょうかね」

確かに江の島ならベストかもしれない。自家用のボートでももっていなければ、管理人は島にはいれば逃げ場はない。おれとタカシは目を見あわせた。キングはいった。

「悪くないな。いけそうか、マコト」

おれはタカシにうなずいた。高校のころから、悪だくみをするときの呼吸はいつでもぴったりだった。

「よし、江の島の展望灯台で、やつをはめよう」

助手席の男が驚いていった。

「やっぱマコトさんってすごいっすね。キングをこんなにかんたんに動かせるなんて」

おれは肩をすくめてみせた。別にすごくないのだ。なにせおれはタカシがキングになるまえ、ただの薄汚れたガキのころから、やつをよくしっているのだから。

「ただし問題点がひとつあるんだ。『七つの試練』は課題がひとつだされてから、二日か三日でつぎの課題がまわってくる。第七の課題がでたら、翌々日には動かなきゃならない。しかも、今回は百人くらいはゆうに必要だろう。Gボーイズをいつでも動かせるようにしておかなければいけないんだ」

池袋の王さまは平然とうなずくと、助手席のガキにいった。

「ヤミオ、江の島の包囲網はおまえにまかせる。マコトと組んで、ネズミ一匹漏らさない罠を張れ。ぬかるなよ」

ヤミオは闇男とでも書くのだろうか。やつの手が伸びて、おれにグータッチと握手を求めてきた。手の甲にはドラゴンの首のタトゥーがひとつ。

「よろしくお願いします。マコトさん」

「ああ、よろしく」

タカシのまわりで空気が冷えこんでいくのがわかった。なにかを集中して考えているときのやつは天然の冷凍庫になる。おれは池袋西口でボルボをおりた。

管理人を管理するのは、今度はおれたちの番だった。

夜の店番をしているとユウミから電話があった。第五の試練に管理人からのレスがついたという。ラインで写真を送ってもらったが、気味の悪い文章だった。女子中学生の下着選びのセンスをほめるいい年のおやじ風。

おれは店先に立ったままユウミと話していた。遅い春の夜の風は、池袋のような汚れた街でも気もちいいものだ。

「最後のステージが決まったぞ。江の島だ。あそこの展望灯台、いったことあるか」

「うん、遠足でいったよ。でも、あんなところから飛んだら、絶対に死んじゃうよね」

おれはため息をついた。

「誰かが傷ついたり、死んだりするのを安全な場所から見てるのが、やつは好きなのさ。さて、やつのレスに返信を考えるか。普段のユウミなら、どんなふうに書くかな。ちょっとラインで送ってくれ」

そういって通話を切った。五分ほど店番をしていると、ラインの着信。

クリスティーン：ほめてくれて、ありがと。あのとき公園の反対側から警察の人がきて、すごく驚いたよ。全力ダッシュで逃げた！　すごいスリルだったな。

おれは目をとおして、ユウミに電話をかけた。つんのめるように声が飛びだす。

「ねえねえ、わたしのレスどうだった？」

ユウミは少年探偵団ごっこにはまっているのだ。

「ああ、ばっちりだ。最後に一行だけつけ加えないか」

「うん、いいよ。なんて」

「どうせなら管理人さんにも見てもらいたかったな。それだけ一行」

ユウミが吐くまねをした。

「うげー、気もち悪い。まあ、あいつを引っかけるためなら、しかたないね。マコトさん、よくそんなきもいこと思いつくね」

ありがとうといった。ほめてくれて、ありがとう。おれはやつの気もちになり切らなきゃならないからな。いくら変態といわれてもしかたない。

それから四十八時間は静かなものだった。おれはGボーイのヤミオ（けっこうな有望株であの年代の出世頭だという）といっしょに、江の島の地図を広げ、作戦を立てた。場所はGボーイズのもっているレゲエクラブ「ラスタ・ラブ」のVIPルームだ。作戦会議終了後には、うまいラム酒のカクテルがついてくる。店番とユウミとの情報交換、それにGボーイズとのミーティングで時間は指を一度鳴らすくらいの感覚ですぎさった。

つぎにユウミからの連絡があったのは、正確には五十三時間後。真夜中の二時の電話だ。

「第六の試練が発表されたね」

そのころにはおれも『七つの試練』の掲示板に常駐するようになっていた。

「ああ、おれも見てる。好きなアーティストのライブ盤を盗め、だよな」

「うーん、困ったな。わたしとくに好きなのないや。明日の放課後いくでしょ。マコトさん、なにか選んでいいよ」

「わかった。とっておきのを選んでやるよ」

　おれとユウミは翌日の夕方、池袋駅の東口で待ちあわせした。ひと言挨拶を交わし、そのまま線路のほうにもどり、Ｐダッシュパルコにむかう。エスカレーターをのぼっていくと、うえにはタワーレコード池袋店。

　おれたちはクラシック売り場にむかった。

「うわあ、すごい量のＣＤがあるんだね。わたし、自分で買ったことないや」

　アメリカではもうすぐＣＤの製造工場が、すべて閉鎖されるという。音楽は配信に切り替わり、そのうちＣＤを見たことのないガキが増えていくのだろう。

「ベートーヴェンきいたことあるか」

　ユウミは首を横に振る。おれはラックからカルロス・クライバーが指揮するベートーヴェンの交響曲第四番を抜きだした。一九八二年のバイエルン国立管弦楽団とのライブ演奏だ。

「これが一番のおすすめかな。だまされたと思って、きいてみろよ。春にきくのにいい曲だしな」

　ユウミはよくわからないようだった。

「わたし、どうすればいいの」

おれは店内を見わたした。

「こいつをもって、盗難防止のゲートを抜ける。ムービーをとりながらな。そうしたらブザーが鳴り始めるから、そこでカメラを切ればいい。おれが店員にあやまって、金を払うよ」

ユウミは余裕の笑顔でおれがいったとおりにした。レジのなかから、あわてて若い店員がやってくる。おれは財布をだしながら頭をさげた。

「すみません。この子、生まれて初めてＣＤ買うんです。どうやったらいいのか、ぜんぜんわからなかったみたいで」

ユウミは余裕の表情でにこにこ笑っている。おれは中学生の手から、クライバーのＣＤをとってまっすぐレジにむかった。店員はおれが選んだＣＤを見てひと言いった。

「この四番いいですよね。妹さんには、つぎからレジをとおすようにいっておいてください。お買いあげ、ありがとうございました」

おれはそのＣＤをユウミにプレゼントして、最上階にあるカフェにむかった。

その夜ユウミがアップした動画には「いいね」が大量に集まった。ひと晩で二千を超える「いいね」。女子中学生の万引きムービーに送られた喝采の数だ。このころになるとクリップボードの掲示板には異様な熱気が生まれていた。誰もが決定的にして致命的な最後の試練を待ち望んでいるのだ。

さて、管理人はどこから飛べというのか。

考えてみると「いいね」を押したやつもネットのやじ馬も、みんな同罪だよな。誰かがどこか高い場所から飛びおりて、大けがあるいは死亡して、徹底的に壊れてしまえばいいと思っているのだから。

ユウミの動画に管理人のレスがついたのは、真夜中の十二時半すぎ。管理人はすこしはクラシックがわかるのか、ユウミの勇気と選曲をほめていた。クライバーのライブなら、ベートーヴェンの七番も素晴らしいのがあるよ。

ユウミとおれが相談して送ったのは、満開のソメイヨシノのなかに立つ江の島の展望灯台と短いメッセージだった。

クリスティーン：わたしはここから飛ぶつもり。学校も家も、おもしろくない。
管理人さんに見ててもらえたら、最後の勇気をきっとだせる。
会ってみたいな♡

さて、やつはほんとうにくいついてくるか。待っていてもしかたない。おれは自分のCDをヘッドフォンできいた。ベートーヴェンの四番。巨人になって緑の草原をわたっていくような爽快な気分になる。音楽もパッケージソフトも素晴らしいもんだよな。

つぎの朝には、管理人からのレスがついていた。期待にそえるようにがんばってみる。こちらもクリスティーンに会いたい。ネットの出会い系は、ほとんど男が女の振りをして客をつるというが、驚くほどちょろいものだった。この管理人はデスゲームの運営はともかく、あまり実物の女とつきあったことがないんじゃないか。たいして経験のないおれでさえ、そう思わざるをえなかった。江の島なんてロマンチックだねと、ユウミには返事をさせておく。さて、ここからはスピード勝負だった。

おれはタカシとヤミオに電話をいれた。あと二日か三日で勝負のときがくる。作戦のとおりにやるだけだ。おれは何度も同じ交響曲をききながら、管理人が最後のしかけにのってくるのを待った。

『七つの試練』の最後の課題が発表されたのは金曜の朝だった。管理人は「祭りにしよう」と提案してきた。今度はみんなで飛ぼう。最高のビッグイベントにしようと。

場所は江の島の展望灯台。時間は日曜日の夕方五時。

おれは正午に東池袋中央公園にいった。青い嵐で公園の木々が揺れている。寒くはないが猛烈に風が強かった。今回のヤマに駆りだされた百二十人のGボーイズとガールズが広場には集合していた。もちろんユウミもだ。Bボーイファッションで決めたあやしげなガキがそれだけ集まると、周囲の視線が痛いくらい。

タカシは噴水の縁にのぼって号令をかけた。

「久しぶりのでかいアンブッシュだ。おまえたち『七つの試練』のせいで、ブラザー四人がパクられたのを忘れるな。そこにいるユウミの兄は命は助かったが、足を折って入院中だ。やつは今日、何人破滅してもいいと思っている。誰にもやつは抑えられない。おれたちGボーイズが管理人をとめるぞ」

アンブッシュは待ち伏せである。オーッと腹に響く声が続いた。キングー！　という黄色い歓声があちこちから飛ぶ。ユウミがいった。

「なんかGボーイズってすごいんだね。おっかないけど、キングはカッコいいな」

なぜだろう、日本の女はとにかくイケメンが好きなのだ。タカシがやってきて、声をかけてくる。

「今日はマコトもユウミもうちのGボーイズのメンバーだ。おれのクルマにのってくれ。江の島に出発しよう」

おれは指揮車のボルボにユウミとタカシとむかった。まあ、こんなときはうちのおんぼろダットサンよりは、こっちのほうがいいよな。


現地までほぼ二時間弱だった。日曜日なので、道は混雑気味。ボルボが江の島大橋をわたるとき、おれは配置を確認した。大橋の両側にはバイクとクルマでGボーイズが張りこみをしている。片瀬江ノ島の駅にも、待機しているはずだ。橋の両岸では海が白波を立てていた。おれは嵐が好きなので、白い波頭を眺めているだけで、気分がのってくる。

江の島大橋をわたり、聖天島《しょうてんじま》公園の近くの駐車場でボルボはとまった。おれはいった。

「ユウミとおれたちがいっしょのところを、管理人に見られたらまずい。悪いがユウミは時間まで、このクルマのなかで待機していてくれ」

タカシは助手席でうなずいた。

「マコト、おれたちはチェックにいくぞ」

運転手兼ボディガードとユウミを残して、江島《えのしま》神社にのぼる階段をあがった。作戦どおりに階段や目ぼしい店のまえには、カップルや男ふたりの張りこみが待機している。日曜日の江の島は観光客でかなりの混雑で、百人かそこらのGボーイズはかんたんに隠してくれる。やつらは監視場所を交代しながら、午後五時に幕が開くのを待つのだ。

階段をのぼるのが地味にきつかった。池袋は平らな街だ。江島神社の奉安殿《ほうあんでん》で先のりしていたヤミオと合流する。白いワイドパンツに黒のパーカー。シカゴ・ブルズのキャップのしたにGボーイズのチームカラーの鮮やかな青のバンダナを巻いている。

「キング、マコトさん、お疲れさまです」

タカシがいった。

「配置はどうだ？」

「作戦どおりっす」

おれはヤミオに声をかけた。

「ご苦労さん、本番まえにちょっと展望灯台を見にいってもいいかな。三人でいかないか」

タカシはヤミオにうなずいた。神社本殿の裏を抜けると視界が開けて、江の島の展望灯台が見えてきた。おれはいった。

「あんなにでかかったかな」

螺旋《らせん》階段をとりまいて、逆三角形に柱が伸びている。上部にあるガラス張りの展望台の高さは約四十メートル。シーキャンドルの別名どおり、島の頂に立つキャンドルのようなデザインだ。タカシがぽつりと漏らした。

「こいつは死ぬな」

そのとおりだった。最上階の屋外展望台どころか、螺旋階段の半分の高さからでも飛びおりれば余裕で死ねるだろう。今、目のまえには何百人という春の観光客がいる。そのなかに何人『七つの試練』の最後の課題に挑戦するやつがいるのだろうか。ヤミオに質問した。

「エレベーターの待ち時間はどれくらいだ？」

「普段なら二十分くらいですが、今日は日曜で混んでいて三十分はかかるかと」

この場所にくるには入場料が大人五百円かかる。だが、一度入場すればあとは自由だった。五時に展望台の最上階から飛ぶには、一時間まえにはこのあたりにきていなければならない。時間は三時すぎだった。タカシがいった。

「あがるか、マコト」

おれは首を横に振った。

「いや、最後にしよう。そのまえに周囲の様子を見ておきたい」

おれたちは展望灯台を離れ、島の西側の通路をとおり江島神社の奥津宮にむかう参道にでた。急な階段が続く難所だ。こちらの階段のあちこちにもGボーイズの姿が見える。

「この先はもう稚児《ちご》ヶ淵《ふち》でおしまいだよな」

そこが江の島の西の突端だった。岩屋に続く海辺の道は工事中で封鎖されている。管理人は都会の人間のはずだ。この荒れた海にはいることはないし、道のない山のなかに足を踏みいれるとも思えなかった。

「よし、引き返してユウミを迎えにいく」

キングがそう命じて、おれたちは白波の立つ江の島の西端からもどることになった。まだ時間はあるし、おれとしては和菓子かイカ焼きでもたべていくのもいいかなと思っていたのだが、休息はなし。アンブッシュは厳しい。


「待ちくたびれたよ」

ボルボのドアを開けると、真っ先にユウミの声がきこえた。女子中学生はSUVをおりるとおおきく伸びをした。スキニージーンズにアディダスの黄色のトラックジャケット。首には誰かにもらったのだろうか。さっきは巻いていなかった青いバンダナが見える。

「ゆっくりと歩いてくれ。管理人におかしいと感づかれたくない。おれたちは距離をおいてついていく。江の島中にGボーイズがいるから安心していいぞ」

「入場券を買って、三十分まえには展望灯台にのぼる。そこで待機するんだよね」

おれは勇気ある中学生Gガールにきいた。

「誰かに声をかけられたときには？」

「適当に対応しながら、みんなに合図を送る。さっきこのバンダナもらったから、結び目のところにさわるね」

ヤミオがさっそくスマートフォンで、ユウミのサインの情報を送った。タカシがいう。

「さあ、いくぞ。管理人をしとめにいこう。やつはもうこの島にいるはずだ。逃げることはできない」

おれたちは駐車場から、山へ続く階段へむかった。

入場券を買い直し、展望灯台の足元に広がる広場についたのは午後四時だった。ユウミが先にエレベーターの行列にならび、おれたちは大学生らしい集団をひとつはさんで、そのうしろについた。螺旋階段にもGボーイズの配置はすませている。

エレベーターは思っていたより混んでいて、待ち時間は四十分もかかってしまった。無理もない。この展望台から見る西の海に沈む夕日は絶景なのだ。ユウミは一台先にいく。おれたちはじりじりしながら、つぎのエレベーターを待った。もう『七つの試練』の最後のショータイムまで二十分しかない。

やってきた箱にぎゅうぎゅうに押しこめられて、ヤミオとタカシと上昇していく。カップルがひと組、おれたちのそばで混雑をいいことにイチャついていた。数十秒でドアが開く。階段を上がると目のまえに最上階のウッドデッキが広がった。人で混みあっているが、直径が二十メートルはありそうな広いデッキだ。今、ここに「いいね」のために飛びおりようとしているガキが何人かと、デスゲームの管理人がいるはずだった。

展望台の足元で見ている可能性は低いとおれは思っていた。ネットではなくリアルの刺激は強烈だ。最高の場面はユウミが手すりを越えて、江の島の空に飛びだす瞬間だろう。現地までやってくるなら、絶対ここにいるはずだった。

問題はやつのほうから、ユウミに接触してくるかどうかだった。ユウミはやつの顔をしらないが、やつはユウミをしっている。おれとタカシはユウミの姿をさがして、ぐるりと円形のウッドデッキを半周した。西日のあたる一角にユウミの黄色いジャケットが見えた。おかしい。何人かにかこまれている。おれとタカシは顔を見あわせた。もう午後五時までは十分を切っている。心臓のばくばくがとまらない。

なにげない振りを装い、ふたりでユウミに近づいていく。高校生のガキが三人とユウミと同じ中学生がふたりだった。

「あーもしかして、モンテ・クリスティーンさんだよね」

高校生がユウミに話しかけている。そうだ。『七つの試練』にはプレイヤーだけでなく、ファンもいたのだ。クリスティーンという言葉に、おれの周囲にいた何人かの人間が反応した。たいていは若いやつだが、大人も何人かいる。スマートフォンで夕日を撮影しているカップルもいた。

午後五時まであと四分。誰かが手すりに登山用のカラビナをかちりと音を立ててとめた。腰にはロープを巻いている。十六、七歳のガキだ。別なところでは手すりにロープを縛っているガキ。こいつは高校を卒業しているくらいの年。ウッドデッキの反対側で、誰かが「ヒャッホー！」と叫んでいた。別な誰かが「『七つの試練』万歳！」と叫んでいる。

フライトの時間まで百二十秒を切って、展望灯台のウッドデッキは夜の動物園のようにケモノの叫びに満たされた。おれは誰が管理人なのか、まるで予測がつかなかった。

シーキャンドルの係員もなにが起きたのかわからずに混乱している。よくできたフラッシュモブみたいだ。

誰かの主導でカウントダウンが始まった。

「二十、十九、十八……」

すぐに『七つの試練』のファンが唱和する。

「十七、十六、十五……」

何人かのガキが手すりに駆け寄った。スマートフォンがあちこちで動画を撮り始める。夕日が斜めにさして、遠くの白波とその場にいる人間をオレンジ色に照らしだした。

「十、九、八……」

おれはタカシに叫んだ。

「見つかったか」

「いや」

おれとタカシはなるべく全体が見えるように、中心部の壁に背を押しあてて周囲を注視していた。逆側にはヤミオもいるはずだ。

「六、五、四……」

まるで新年のカウントダウンだった。陽気に明るく、新しい希望に満ちた新しい年へ。だが、ここで起きているのは誰かが破滅するためのカウントダウンである。四十メートル下の地面への死のダイブが迫ってくる。おれにもパニックが伝染しそうだった。

「三、二、一……」

二・五でカップルの男がユウミになにか囁《ささや》きかけた。おれにはなにもきこえない。だが、ユウミは盛大なカウントダウンのなか、Gボーイズの青いバンダナの結び目にさわった。おれはカップルの男にむかって全力で駆けた。だがタカシは雪嵐にたたきつけられた氷のつぶてのように動いた。チノパンに黒いジャケットを着た男の腕をしっかりとつかんだ。

カウントがゼロになるまえに、ヤミオが叫んだ。

「動けー！」

あちこちで手すりからのりだし、春の空に飛ぼうとしたガキがGボーイズによって腰にタックルをくらっていく。カラビナのガキも、ロープのガキもとめられている。おれはタカシに腕をつかまれ、後ろ手にねじりあげられた男のまえにいった。三十代初めに見える。

「あんたが『七つの試練』のゲームマスターか」

前髪が長く目がほとんど見えなかった。やせて、どこか不健康に見えた。ジャケットは麻で、いいブランドのものだ。ボタンも高級品で、仕立てもいい。なにもこたえない男の耳元でタカシがいった。

「おれたちのメンバーの何人かが、おまえのせいでパクられて困ったことになっている。死にかけたガキの親からは復讐を頼まれた。おまえが反抗するなら、生まれてきたのを後悔するような目に遭わせてから、どこかの山に埋めるぞ」

タカシは分別したゴミでも捨てるように普通の調子だった。あんな声をきいたら、誰でも震えあがるだろう。キングはやらなければならないときは、ただやるだけだ。

「マコト、こいつの財布とスマートフォンを抜け」

男は抵抗しようとした。タカシは困ったようにいった。

「おまえが騒ぐなら、あの女もさらうことにする。おれはどちらでもいい。選べ。あの女はおまえのなんだ」

男の肩から力が抜けていく。

「……妻だ」

あきれた。夫婦で『七つの試練』の管理人をしていたのか。ガキの破滅がなによりも好きな変態夫婦。タカシがおれにいった。

「あの女はいかせていい。声をかけてこい、マコト」

おれは青い顔をした女のところにいった。ショートボブ、病的にやせている。長袖シャツからのぞく腕は拒食症のように細かった。

「あんたのダンナをしばらくあずかる。あんたは帰っていいよ」

男のスマートフォンを見せていった。

「本名も住所もわかった。帰ってもいいが、逃げられないぞ」

ユウミがものすごい顔をして、女をにらみつけていた。管理人の女がいった。

「あのひとといっしょに、わたしもいきます」

おれは驚いた。こんな夫婦にでも愛情があるのだ。死ぬときはいっしょだと思っているのだろう。おれはただ首を横に振り、女の元を離れた。愛情はわからない。

下からどやどやと階段をかけあがってきたのは、シーキャンドルの係員とガードマンだった。夢から覚めて魂が抜けてしまったような『七つの試練』のプレイヤーたちをその場に残し、おれたちはエレベーターにのりこんだ。大型のエレベーターがGボーイズで満員になる。ヤミオがスマートフォンで部下に命じた。

「ゲームマスターを確保した。総員、解散。あとで池袋で会おう」

おれのとなりでユウミが震えていた。声をかける。

「ほんとによくがんばったな。おまえのガッツにはやられたよ」

ユウミはおれの腕にすがりついてきた。

「マコトさん、わたし、ほんとに怖かったよ。なんだかあのデッキのところだけ、空に一番近い地獄みたいだった」

それからワーッと声をあげて女子中学生が泣きだした。おれはユウミの肩をぽんぽんとたたいてやった。


おれたちはSUVで池袋にもどった。帰りのクルマのなかでは誰もが言葉すくなだった。ユウミがこわごわといった。

「あの人、どうするの。Gボーイズがどこかに埋めちゃうの」

そんなことはしないとおれはいった。タカシに人を殺させるようなことはしない。だが、やつはもう終わりだった。徹底的に裸にされ、ネットに『七つの試練』の悪辣《あくらつ》で変態のゲームマスターとしてさらされるだろう。タクミの親は高校の理事会とともに、あの男を訴える手はずになっている。妻も関与の程度によっては同罪である。

おれとユウミは池袋ウエストゲートパークで、ボルボをおりた。もう夜の七時半で、ユウミはすぐに帰るといった。塾のないとき門限は九時なのだ。メトロの階段にいっしょにむかいながら、ユウミはいった。

「ほんとにありがとう。うちの親は大学にいかないような人間は、みんなああなるっていってたんだ」

不登校の息子をもつ母親のまっとうな偏見だった。ユウミの視線は道路の誘導員やコンビニのアルバイトをさしている。

「でも、そんなことないってわかったよ。マコトさんも、キングもすごかった。Gボーイズのみんなも一流大学なんていってなさそうだけど、みんなカッコよかったよ。マコトさん、音楽の趣味案外よかったし」

おれはちょっと感動していた。最近の日本はまた学歴重視と拝金主義の社会に逆もどりしてるからな。親が人の職業を差別するのもあたりまえなのだ。階段をおりていくユウミの背中にいう。

「おい、大学にいったってカッコいい大人にはなれるぞ。四年も余計に勉強したら、だいぶハンデはつくけどな」

青いバンダナを巻いたユウミは一度振りむいて、笑顔でこちらに手を振ると、転げるように夜の階段をおりていった。

江の島シーキャンドルの集団自殺未遂事件は、その夜のテレビと翌日の新聞でちいさなあつかいのニュースになった。『七つの試練』についてふれている記事も、ふれていない記事もあった。続報をだしたのはとあるスポーツ新聞だけで、過去にさかのぼり

「デスゲームにとりつかれた子どもたちの悲惨な末路」として、死者二名、重傷者五名、軽傷者十一名と記していた。おれにはその記事がどれくらい正確なのかわからない。

おれたちが捕まえた男の名は、早瀬《はやせ》智博《ともひろ》（三十二歳）。妻は友理奈《ゆりな》（三十歳）。大手のＩＴ企業で共働きをしている夫婦だった。早瀬夫妻はネットゲームでながらく自分たちのチームを率いていたという。いくつかのゲームでは日本代表として海外遠征をしたこともあったそうだ。

ふたりが率いていたドリームチームは、内部の派閥争いでめちゃくちゃに壊れた。夫妻は誰も信じないようになり、海外のデスゲームからヒントを得た『七つの試練』にのめりこんでいったという。警察はタクミの高校の理事会からの訴えをもとに、早瀬夫妻の周辺を洗っているという。

おれが忘れられないのは、夫とともに自分もいくといったときのあの女の目だ。悲しげだが、案外しあわせそうで、悪くない目の色と深さだった。

あんな目ができるのなら、夫婦になるのも（たとえ変態同士でも）悪くはないのかもしれない。

すべてが終わったつぎの水曜日、おれはスフレパンケーキをもって、サンシャインシティのそばのデニーズにいった。スキンヘッドのハッカーと一枚ずつふわふわのパンケーキを分けあう。ゼロワンはシロップをたっぷりとつけて、ひと口たべていった。

「もうデジタルの海には、おれだけにむけられた神からのメッセージなんてないように思える。最近だんだんとそう確信するようになってきた」

おれもふわふわをひと口やっていう。

「そんなもんだろうな。リアルな世界にだって、神さまのメッセージなんて、どこにもないよ。自分が神だと堂々というやつは頭のいかれたペテン師ばかりだ」

ゼロワンは今も新しいスイーツの夢でも見ながら、二十四時間営業のファミリーレストランに座っている。まあ、おれとしてはやつがいつまでもあそこに事務所を開いていてくれると助かる。金属探知機には引っかかるが、北東京一のハッカーであることに変わりはないからな。

それから二週間後、梅雨の直前の真夏日の日曜。

おれは東池袋公園のGボーイズの集会に足を運んだ。噴水まえの広場にはまた二百人を超えるメンバーが顔をそろえている。ヤミオもタカシもいた。それに杖をついたタクミと、青いバンダナを首に巻いたユウミのふたりもな。タクミの足にはまだギプスが見えて、松葉杖もついている。だが、少年らしく興奮した頰には赤く色づいた笑みが浮かんでいる。やつもGボーイズの正式メンバーになったのだ。

おれはユウミに手を振った。遠くからちぎれんばかりに手を振り返してくれる。大好きな飼い主を見つけた小型犬の尻尾みたいにな。残念ながら、イケメン好きな日本の女たちには男を見る目がぜんぜんないので、おれにそんなふうに手を振ってくれる女は、広い東京でもこの女子中学生ひとりだ。

乾いた春の風のなか、ユウミにゆっくりと近づいていった。おれは笑顔を抑えるのに必死だった。兄のタクミには黙っておいたほうがいいことが山ほどあるのだ。

夜のウエストゲートパークから下着姿のユウミと逃げだしたあの日のことは、おれとユウミだけの秘密だ。もちろんおれは口が裂けても誰にもいわないだろう。もしバレたら、あのおっかない教育ママにつぎに訴えられるのは、このおれなんだからな。

解説

志茂文彦

「池袋ウエストゲートパーク」シリーズ十四作目となる『七つの試練』。

この文庫が発売されて一か月ほどのちの二〇二〇年の十月には、TVアニメの放送が開始される予定です。

そのシリーズ構成（かんたんにいうとシナリオの責任者です）をつとめたご縁で、今回、私が「解説」執筆の機会をいただきました。

アニメ化が二〇一九年の秋に発表されたとたん、話題がツイッターでトレンド入りしたり、ファンの方々のあいだで情報がとびかったと聞きます。期待の大きさにわれわれスタッフ一同、驚き、また勇気づけられたものでした。

石田衣良先生に私たちアニメスタッフがはじめてお会いしたのは、そのしばらく前の、ある暑い夏の日。場所は代官山のカフェです。

たぶん私たちを緊張させないためでしょう、先生はキャップをかぶったフランクな服装でいらっしゃいました。

若々しく、声にも張りがあり、でも物腰は丁寧で穏やかで、やや緊張ぎみの（特に私）われわれにもずいぶん気をつかってくださっていたようです。

また、先生は動画配信サービスなどで、よくアニメをご覧になるそうで、今のアニメの事情にも通じていました。

「最近、ストーリーの完成度が高いアニメ作品ってなにかありますか」と、われわれにも質問されたので、私などつい前のめりになり、当時ようやく見たばかりの「スパイダーマン：スパイダーバース」について熱心に語ってしまいました。思いだすと赤面ものです。

その場でのおもな議題は、「たくさんある原作の中から、どのエピソードをアニメ化するか」ということでした。

おおまかな方針としては、「初期の作品よりも最近の作品を中心に選んでいこう」ということになりました。原作がはじまった当初からのファンの方々の中には、はじめの頃のエピソードに思い入れをお持ちの方もいらっしゃると思いますが、私たちとしてはやはり、今の池袋に生きる、今のマコトやタカシたちを描きたかったのです。

（うちあけた話をすると、初期作品からエピソードを選ぶとどうしても、宮藤官九郎さんが

シナリオを書かれて大ヒットとなった二〇〇〇年の実写ドラマ版と、内容がかぶりすぎてしまう、という事情もあったのですが)

私個人としても、シナリオ執筆の準備のために読み進める中で、最近の作品になるほど、強く惹きつけられるものを感じました。

初期の暗黒小説的な雰囲気や、十代のころの初々しいマコトも好きになりましたが、巻を追うにつれて、さらにぐいぐいひきこまれ、十一巻以降の二期に突入してからはもう、ほかの仕事をほうりだして、怒濤の一気読み。

アニメ化するエピソードは、本巻「七つの試練」までの中から選ぶ方針でしたが、参考に送ってもらった最新刊の「絶望スクール」のゲラまで読みきってもまだ読みたりず、とうとう書店に出かけていって、「オール讀物」の最新号を買いこみ、連載中の最新作まで読んでしまったほどです。

そんなふうに最近の作品であるほど惹かれたのは——読み進むにつれて登場人物や世界観になじんできた、ということもあるでしょうが——やはり、テーマが今の時代に即したものであることが、大きな理由だったと思います。ドラッグや、シングルマザーや、外国人労働者の問題。差別、格差、貧困、搾取。TVアニメでこういった問題を真正面から取りあげる機会はなかなかないですし。

特に、原作の中に時おり通奏低音のように見えかくれする、「自分が正しいと信じている人間がふるう暴力の恐ろしさ」というテーマ。そして、人々の憎しみを暴発・連鎖させないために池袋の街を必死に走るマコトの姿は、当時の自分が抱えていたとある動機などもあって、どうしても描きたいことだったのです。

もちろん、当然ながら石田先生ご自身も、アニメ化にあたってのご要望やイメージをお持ちでしたし、

「この話をアニメにしたらおもしろいんじゃないですか」

というご提案もいただけたので――たとえば音楽やダンスを活用できるような――それらのエピソードもあらためて候補作としました。

そのあとも何度かやりとりを重ね、最終的に何作かにしぼったところで、監督やプロデューサーと相談しながら、シリーズ全体の流れをまとめていきました。

とはいえ、楽な作業ではありませんでした。TVアニメという媒体の性質上、残酷な事件や性犯罪に関わる話は採用しにくかったり、また、最近のエピソードを中心に選ぶとはいっても、初期作品の中にも「やはりこれは登場させないわけにいかないだろう」

という人気キャラクターがいたり。それから、長さの関係で泣く泣く人気作をはずさなければならなかったり、採用した話にしても多少の変更が必要だったり。

でも原作の大事な要素はかなりの程度、入れることができたのではないかと思っています。おなじみの登場人物たちについても、それぞれになんとか出番をつくれたと思います。

——ただ、すみません。この文章を書いている時点ではまだ、どのエピソードをアニメ化するか発表されていないので、なにを選んだかをここで書くことはできないのです（守秘義務に触れてしまうので）。別な発表か放送があるまでのお楽しみ、ということにさせてください。

そのあとのシナリオ化の作業については、石田先生は、ほとんどこちらにまかせてくださいました。そのおかげもあって、仕事はとどこおりなく進み、最終回まで半年ほどで脱稿できました。

先生はキャストを選ぶオーディションにもいらっしゃいましたが、基本的にはアニメスタッフの判断を尊重してくださいました。もちろん、こちらから質問すれば、ご意見を聞かせていただけましたが（マコトの母親の外見のイメージとか）。

でも、そうやってまかされた分、責任は重大です。

自分たちもそれなりに力を尽くしたつもりではいますが、原作ファンのみなさんに喜んでいただける作品になっているかどうかは、見ていただくしかありません。
それに、まだ原作を知らないアニメファンの方々に、この異色のアニメがどう受けとられるかも、少し不安であり、また楽しみでもあるところです。

今、異色のアニメと書きました。実際こういった、いわゆる一般文芸作品を原作として、しかもファンタジー要素やSF要素が皆無というアニメは、ほかにあまり見かけないのではないでしょうか。

ご承知のとおり、アニメーションは、作り手の問題意識を空想に仮託して描くことに適した表現形態です。社会が直面しているさまざまな問題を、ファンタジーやSFの形にして、意欲的に作品をつくっているアニメ関係者は、国内にも海外にも大勢います。

その一方で、アニメの表現には多様な可能性があって、現代の実在の街そのものを、アニメならではのリアリティで描くこともできるはずなのです（予算とスケジュールと能力が許すかぎりにおいて）。

「池袋ウエストゲートパーク」という作品は、そういうアニメの企画としては、最適なのではないか。シナリオを書きながら、何度もそう思いました。

この「七つの試練」に収録されている四編にしても、あつかわれている題材はバラエティに富み、しかも「絵」になるお話ばかりです。

若い男性俳優のスキャンダル。風俗業界を舞台にした犯罪捜査。シリーズ中でもめずらしくオカルトにからんだ、ゴシックサスペンス的な一編。

中でも表題作の「七つの試練」は、今回のヒロインのユウミの生き生きした魅力、見せ場や活劇満載の楽しさもさることながら、「妹による兄の仇《かたき》うち」という、シリーズにときどきあらわれるテーマの最新の「変奏」としても、興味深く、おもしろく読みました。「兄の仇」が、ネットの闇にひそんでいる正体不明の存在であるところなど、たいへん今日《こんにち》的に感じられます。

以下は完全に想像なのですが、もしかしたら石田先生は、気にいった物語上の主題《テーマ》を、作曲家が変奏曲に仕上げるように、さまざまに技法や装飾を変えて描くことがお好きなのかもしれません。当然、あとの作品になるほど展開は複雑に、重層的になります。これはシリーズ全作を一気に読み通しての印象です。

（でも、また急いでおことわりしておきますが、この巻に収録されている四編がアニメ化されるといっているわけではないので、念のため）

つねづね考えていたのですが、アニメの原作を、もっと一般文芸に求めてもいいのではないでしょうか。

現にアニメ業界の先達たちは、内外の童話や児童文学、古今の民話やおとぎ話、そして大人むけの小説を原作にして作品をつくっています。たとえば漱石の「猫」や「坊っちゃん」にも、すぐれたアニメ化の例があるのです。

この文春文庫だけを見ても、知名度も、ファンの数や熱気もじゅうぶんな作品がたくさんあります。

石田先生の作品は、まさにその筆頭と思いますが、ほかにもミステリ、ファンタジー、歴史小説、時代小説など、アニメ化したらおもしろくなりそうな作品が、山のように並んでいます。私には目の前に、ほぼ手つかずの緑の沃野、宝の山、ブルーオーシャンが広がっているように見えるのです。

……と、なにしろ浮世ばなれした空想や夢想をひろげるのが商売なもので、ついそんなことも考えてしまったしだいです。

もちろんファンの方々には、番組を見て楽しんでいただければそれだけで充分です。

ぜひ、応援をよろしくお願いします。

代官山のカフェで石田先生にお会いしてから約一年、「池袋ウエストゲートパーク」

という作品に取りくんできて、まだまだ書きたいことがたくさんあるのですが（雑司ヶ谷の広い墓地に取材に行って迷子になりかけた話とか）、あまり個人的なことを書きつらねるのもどうかと思いますし、また別な場を待ちたいと思います。

最後になりましたが、この文章を書く機会をくださった関係者の方々、そして石田衣良先生に、心から感謝します。

どうもありがとうございました。


（シナリオライター）

初出誌「オール讀物」

泥だらけの星　二〇一七年七・九月号

鏡のむこうのストラングラー　二〇一七年十一・十二月号、二〇一八年一月号

幽霊ペントハウス　二〇一八年二・三月号

七つの試練　二〇一八年五・六・七月号

単行本　二〇一八年九月　文藝春秋刊

文春文庫

七《なな》つの試練《しれん》

池袋《いけぶくろ》ウエストゲートパークXIV

定価はカバーに
表示してあります

2020年9月10日　第1刷

著　者　石田衣良《いしだいら》

発行者　花田朋子

発行所　株式会社 文藝春秋

東京都千代田区紀尾井町3-23　〒102-8008
TEL 03・3265・1211(代)
文藝春秋ホームページ　http://www.bunshun.co.jp

落丁、乱丁本は、お手数ですが小社製作部宛お送り下さい。送料小社負担でお取替致します。

印刷・凸版印刷　製本・加藤製本

Printed in Japan
ISBN978-4-16-791556-8

（　）内は解説者。品切の節はご容赦下さい。

石田衣良
灰色のピーターパン
池袋ウエストゲートパークⅥ

池袋は安全で清潔なネバーランドじゃない。盗撮画像を売りさばく小学五年生がマコトにSOS！　街のトラブルシューターの面目躍如たる表題作など全四篇を収録。（吉田伸子）

い-47-10

石田衣良
Gボーイズ冬戦争
池袋ウエストゲートパークⅦ

鉄の結束を誇るGボーイズに生じた異変。ナンバー2・ヒロトがキング・タカシに叛旗を翻したのだ。窮地に陥るタカシをマコトは救えるのか？　表題作はじめ四篇を収録。（大矢博子）

い-47-11

石田衣良
非正規レジスタンス
池袋ウエストゲートパークⅧ

フリーターズユニオンのメンバーが次々と襲われる。メイド服姿のリーダーと共に、格差社会に巣食う悪徳人材派遣会社に挑むマコト。意外な犯人とは？　シリーズ第八弾。（新津保建秀）

い-47-14

石田衣良
ドラゴン・ティアーズ——龍涙《りゅうるい》
池袋ウエストゲートパークⅨ

大人気「池袋ウエストゲートパーク」シリーズ第九弾。時給300円弱。茨城の〝奴隷工場〟から中国人少女が脱走。捜索を頼まれたマコトはチャイナタウンの裏組織に近づく。（青木千恵）

い-47-17

石田衣良
PRIDE——プライド
池袋ウエストゲートパークⅩ

四人組の暴行魔を探してほしい——ちぎれたネックレスを下げた美女の依頼で、マコトはあるホームレス自立支援組織を調べ始める。IWGPシリーズ第1期完結10巻目！（杉江松恋）

い-47-18

石田衣良
憎悪のパレード
池袋ウエストゲートパークⅪ

IWGP第二シーズン開幕！　変容していく池袋、でもあの男たちは変わらない。脱法ドラッグ、ヘイトスピーチ……続発するトラブルを巡り、マコトやタカシが躍動する。（安田浩一）

い-47-21

（　）内は解説者。品切の節はご容赦下さい。

石田衣良
西一番街ブラックバイト
池袋ウエストゲートパークⅫ
勤め先の店で無能扱いされた若者が池袋の雑居ビルで飛びおり自殺を図る。耳触りのいい言葉で若者を洗脳し、つかい潰すブラック企業の闇に、マコトとタカシが斬りこむ！　（今野晴貴）
い-47-22

石田衣良
ＩＷＧＰコンプリートガイド
創作秘話から、全エピソード解題、キャラクター紹介まで、ＩＷＧＰの世界を堪能出来るガイドブック決定版。短篇『北口アンダードッグス』を所収。文庫オリジナル特典付き！
い-47-19

石田衣良
キング誕生
池袋ウエストゲートパーク青春篇
高校時代のタカシにはたったひとりの兄タケルがいた。戦国状態の池袋でタカシが兄の仇を討ち、氷のキングになるまでの書き下ろし長編。初めて明かされるシリーズの原点。　（辻村深月）
い-47-20

石田衣良
うつくしい子ども
九歳の少女が殺された。犯人は僕の弟！　なぜ、殺したんだろう。十三歳の弟の心の深部と真実を求め、兄は調査を始める。少年の孤独な闘いと成長を描く感動のミステリー。　（村上貴史）
い-47-2

石田衣良
波のうえの魔術師
謎の老投資家とプータロー青年のコンビが、預金量第三位の大都市銀行を相手に知力の限りを尽くし復讐に挑む。連続ＴＶドラマ化された新世代の経済クライムサスペンス。　（西上心太）
い-47-4

石田衣良
アキハバラ＠ＤＥＥＰ
五人のおたく青年とコスプレ喫茶のアイドルが裏秋葉原で出会ったとき、ネットに革命を起こすｅビジネスが始まる！　ドラマ化、映画化された長篇青春電脳小説。　（森川嘉一郎）
い-47-8

（　）内は解説者。品切の節はご容赦下さい。

石田衣良
シューカツ！
一人の女子大生がマスコミ志望の男女七人の仲間たちで「シューカップロジェクト」を発動した。目標は難関、マスコミ就職！　若者たちの葛藤、恋愛、苦闘を描く正統派青春小説。（森　健）
い-47-15

石田衣良
夜を守る
ひとり息子を通り魔に殺された老人と出会い、アメ横の平和を守るため、四人の若者がガーディアンとして立ち上がった！　IWGPファンに贈る大興奮のストリート小説。（永江　朗）
い-47-30

石田衣良
カンタ
幼少から固い絆で結ばれた、発達障害のカンタと人気者の耀司。耀司がマネーゲームに翻弄される中、カンタは命がけで親友を守る！　失われた世代の熱く切ない青春小説。（堀江貴文）
い-47-31

石田衣良
コンカツ？
顔もスタイルも悪くないのに、なぜかいい男との出会いがない！　合コンに打ち込む仲良しアラサー4人組は晴れて幸せをつかめるのか？　コンカツエンタメ決定版。（山田昌弘）
い-47-32

石田衣良
命1年のスタリオン（上下）
「種馬王子」の異名をもつ人気俳優、小早川当馬。公私ともに絶好調の中、がん宣告を受ける。命が尽きるまでに、ぼくは世界に何を残せるのだろう。著者渾身の、愛の物語。（瀧井朝世）
い-47-33

切実な欲望を抱きながらも、どこかチャーミングなおとなの男女たちを描く10篇を収録。切なさとあたたかさを秘めた、心と身体をざわつかせる刺激的な恋愛短篇集。（いしいのりえ）
い-47-35

（　）内は解説者。品切の節はご容赦下さい。

佐藤多佳子
第二音楽室
音楽が少女を優しく強く包んでいく――学校×音楽シリーズ第一弾は音楽室が舞台の四篇を収録。落ちこぼれ鼓笛隊、合唱と淡い恋、すべてが懐かしく切ない少女たちの物語。（湯本香樹実）
さ-58-1

佐藤多佳子
聖夜
『第二音楽室』に続く学校×音楽シリーズふたつめの舞台はオルガン部。少年期の終わりに、メシアンの闇と光が入り混じるような音の中で18歳の一哉がみた世界のかがやき。（上橋菜穂子）
さ-58-2

島本理生
真綿荘の住人たち
真綿荘に集う人々の恋はどれもままならない。性別も年も想いもばらばらだけど、一つ屋根の下。寄り添えなくても一緒にいたい――そんな奇妙で切なくて暖かい下宿物語。（瀧波ユカリ）
し-54-1

瀬尾まいこ
戸村飯店　青春100連発
大阪下町の中華料理店で育った兄弟は見た目も違えば性格も全く違う。人生の岐路にたつ二人が東京と大阪で自分を見つめ直す。温かな笑いに満ちた坪田譲治文学賞受賞の傑作青春小説。

せ-8-2

津村記久子
エヴリシング・フロウズ
ヒロシは、背は低め、勉強は苦手。唯一の取り柄の絵を描くことも最近は情熱を失っている。それでも友人たちのため「事件」に立ち向かう。少年の一年を描く傑作青春小説。（石川忠司）
つ-21-2

南木佳士
医学生
新設間もない秋田大学医学部に、不安を抱えて集まった医学生たちは、解剖や外来実習や恋や妊娠にあたふたしながら生き方を探る。そして彼らの十五年後。軽やかに綴る永遠の青春小説。

な-26-4

那須正幹
ぼくらは海へ
船作りを思い立った少年たち。冒険への憧れが彼らを駆り立てる。さまざまな妨害と、衝撃のラスト。児童文学の巨匠・那須正幹が、かつて少年だったすべての大人に贈る物語。（あさのあつこ）
な-63-1